Diogenes Tasch

CW01508473

Georges Simenon

Der kleine Mann von Archangelsk

Roman
Deutsch von
Alfred Kuoni

Diogenes

Inhalt

Gina verschwindet

Er log, und das war falsch. Es wurde ihm in dem Augenblick klar, als er den Mund auftat, um Fernand Le Bouc zu antworten; im Grunde aus Schüchternheit, aus einem Mangel an Kaltblütigkeit änderte er aber die Worte nicht, die ihm auf die Lippen kamen.

Also sagte er:

»Sie ist nach Bourges gefahren.«

Le Bouc, der hinter dem Schanktisch ein Glas spülte, fragte:

»Wohnt die Loute noch immer dort?«

Er antwortete, ohne ihn anzusehen:

»Ich nehme es an.«

Es war zehn Uhr morgens und ein Donnerstag, weswegen der Markt in vollem Gange war. In Fernands engem, fast rundum verglastem Bistro an der Ecke zur Sackgasse Les Trois-Rois standen fünf oder sechs Männer am Schanktisch. Zu jenem Zeitpunkt schien es noch nicht wichtig zu wissen, wer sie waren; es sollte aber noch wichtig werden, und Jonas Milk würde sich später abmühen, sich jedes einzelne Gesicht ins Gedächtnis zu rufen.

In seiner Nähe stand Gaston Ancel, der Metzger mit den roten Backen und der blutigen Schürze, der allmorgendlich drei oder vier Male kam, um stehend einen Schluck Weißen hinunterzustürzen, und der eine einprägsame Art hatte, danach die Lippen zu wischen. Mit seiner kräftigen Stimme machte er dauernd Späße, und in der Metzgerei neckte er die Kundinnen, während sich Madame Ancel an der Kasse für das Vokabular ihres Gatten entschuldigte.

An Ancel hielt sich, eine Tasse Kaffee in der Hand, Benaiche, der mit der Aufsicht über den Markt betraute Polizist, den jedermann Julien nannte.

Ein kleiner Alter mit zittrigen Händen und in grünlichem Kittel mußte die Nacht im Freien verbracht haben, wie er es die meiste Zeit tat. Man wußte nicht, wer er war oder woher er kam, aber man hatte sich an ihn gewöhnt und zählte ihn schließlich zum Inventar.

Wer waren die andern? Ein Elektriker, den Jonas nicht kannte, in der Gesellschaft eines Mannes, der die Brusttasche mit Bleistiften vollgestopft hatte – ein Vorarbeiter oder der Inhaber eines kleinen Unternehmens.

Den sechsten hat er nie herausgefunden, hätte aber schwören können, daß es da zwischen ihm und dem Fenster noch eine Silhouette gab.

An den Tischen hinter den Männern verzehrten drei oder vier schwarz gekleidete Gemüsehändlerinnen ihren Imbiß.

Es herrschte die Vormittagsstimmung aller Markttage, das heißt, aller Dienstage, Donnerstage und Samstage. An diesem bestimmten Donnerstag fiel ein heller und warmer Juni-Sonnenschein voll auf die Fassaden, während sich unter dem weit ausladenden Dach des gedeckten Marktes die Leute in einem bläulichen Halbdunkel um Körbe und Stände bewegten.

Jonas hatte von seiner täglichen Routine nicht abweichen wollen. Gegen zehn Uhr hatte er, da sein Laden ohne Kunden war, die fünf Meter Trottoir zurückgelegt, die ihn von Fernands Bistro trennten, von wo er durch die Fensterscheiben die Kästen mit den billigen antiquarischen Büchern überwachen konnte, die er vor seinem Schaufenster anbrachte.

Er hätte den Mund überhaupt nicht aufzutun brauchen. Bei Fernand traten manche wortlos an den Schanktisch, denn man wußte, was sie nahmen. In seinem Falle war es stets ein Espresso.

Trotzdem pflegte er – vielleicht aus Demut oder aus einem Genauigkeitsbedürfnis heraus – zu formulieren:

»Einen Espresso.«

Fast alle kannten sich, und es kam vor, daß man sich nicht guten Tag sagte, weil man vermeinte, sich am selben Morgen bereits einmal getroffen zu haben.

Fernand Le Bouc, zum Beispiel, war seit drei Uhr in der Frühe auf den Beinen – zur Ankunft der Lastwagen. Und der Metzger Ancel, seit fünf Uhr wach, war mindestens schon zweimal in die Bar gekommen.

Die Läden drängten sich um das Schieferdach des mauerlosen Marktes, den in der Gosse Lattenkörbe

9

und zertrümmerte Kisten, faulige Orangen und zertrampelte Holzwolle säumten.

Die Hausfrauen, die über diese Abfälle hinwegstiegen, ahnten nicht, daß der Platz vor ihrer Ankunft, ja vor ihrem Erwachen, schon Stunden eines fiebrigen Treibens durchlebt hatte, im Lärm von Lastern und im Gestank ihrer Abgase.

Jonas sah zu, wie der Kaffee Tropfen um Tropfen aus dem winzigen verchromten Hahn in die braune Tasse fiel; und nach einer weiteren Gewohnheit wickelte er, noch ehe man ihn bediente, seine zwei Zuckerstückchen aus dem durchsichtigen Papier.

»Geht es Gina gut?«, hatte ihn Le Bouc gefragt.

Er hatte zunächst geantwortet:

»Es geht ihr gut.«

Erst wegen Fernands nächster Bemerkung glaubte er sich dann zur Lüge genötigt.

»Ich fragte mich, ob sie wohl krank sei. Sie war heute morgen nicht zu sehen.«

Der Metzger unterbrach daraufhin seine Unterhaltung mit dem Polizisten und bemerkte:

»Ach ja! Ich hab' sie auch nicht gesehen.«

Gina pflegte ihre Einkäufe für gewöhnlich recht zeitig, noch vor dem Eintreffen der Menge, zu machen – in Pantoffeln, oft ungekämmt, manchmal in eine Art geblümten Morgenrock gehüllt.

Jonas hatte den Mund aufgetan, und da war es geschehen, daß er trotz seines Instinkts, der ihm zum Gegenteil riet, die geformten Wörter nicht ändern konnte.

»Sie ist nach Bourges gefahren.«

Es kam von Zeit zu Zeit vor, daß seine Frau nach Bourges fuhr, um die Loute, wie man sie nannte, zu besuchen – die Tochter des Samenhändlers gegenüber, der seit zwei Jahren dort wohnte. Aber fast jedesmal, und das mußten sie alle wissen, nahm sie den Halb-zwölf-Uhr-Bus.

Er war sich selbst böse wegen seiner Antwort – nicht nur, weil sie eine Lüge war und er ungern log, sondern weil etwas ihm sagte, es sei falsch. Die Wahrheit konnte er ihnen freilich nicht eröffnen – er konnte es um so weniger, als jeden Augenblick Palestri, Ginas Vater, aus seinem Lieferdreirad aussteigen würde, um sein Gläschen zu leeren.

Der Metzger war es, der, ohne sich an eine bestimmte Person zu wenden, fragte:

»Weiß man eigentlich, was sie in Bourges macht – die Loute?«

Darauf Fernand, gleichgültig:

»Zweifellos geht sie auf den Strich.«

Es war merkwürdig, daß gerade der Metzger bei der Unterhaltung zugegen war und daran teilnahm, war doch seine eigene Tochter Clémence, die älteste, die verheiratete, mehr oder minder in die Affäre verwickelt.

Jonas trank in kleinen Schlückchen seinen sehr heißen Kaffee, dessen Dampf ihm die Brillengläser trübte, was ihm ein anderes, ungewohntes Aussehen verlieh.

»Auf bald«, sagte er und legte das Geld auf das Linoleum des Schanktisches.

Niemand hatte an die beiden Bücherkästen gerührt. Während des Marktes verkaufte er selten etwas, und vormittags tauschte er höchstens ein paar Leihbücher um. Mechanisch richtete er die Bände in den Kästen wieder aus, warf einen Blick auf sein Schaufenster und betrat den Laden, wo es leicht nach Staub und schimmeligem Papier roch.

Vergangene Nacht hatte er es nicht gewagt, Clémence, die Metzgerstochter, aufzusuchen; aber eben hatte er sie gesehen, wie sie ihre Einkäufe machte und dabei ihr Kind im Wagen vor sich herstieß.

Er war absichtlich auf sie zugegangen.

»Guten Tag, Clémence.«

»Guten Tag, Monsieur Jonas.«

Wenn sie ihn mit »Monsieur« anredete, so darum, weil sie zweiundzwanzig und er vierzig war. Sie war mit Gina zur Schule gegangen. Alle beide waren sie an der Place du Vieux-Marché geboren. Gina war die Tochter Palestris, des Gemüsehändlers, der mit seinem Lieferdreirad die Lieferungen ins Haus brachte, während seine Frau den Laden hütete.

»Schönes Wetter!«, hatte er noch hingeworfen, wobei er Clémence über seine dicken Gläser hinweg beobachtete.

»Ja. Es wird wohl heiß werden.«

Er beugte sich vor, um das Kind, Poupou, zu betrachten. Es war riesig.

»Er gedeiht«, bemerkte er ernst.

»Ich glaube, er kriegt seinen ersten Zahn. Einen Gruß an Gina!«

Das war gegen neun Uhr gewesen. Beim letzten Satz hatte Clémence einen Blick in den Hintergrund des Ladens geworfen, als erwarte sie, dort in der Küche ihre Freundin zu sehen.

Sie schien überhaupt nicht verlegen. Sie hatte dann den Wagen mit Poupou in Richtung der Kolonialwarenhandlung Chaigne gestoßen und war dort eingetreten.

Das bedeutete, daß Gina gelogen hatte, und Jonas war dessen schon seit dem Vorabend beinahe sicher. Er hatte den Laden wie gewöhnlich um sieben geschlossen – oder vielmehr hatte er die Türe zugemacht, ohne abzuschließen, denn solange er aufblieb, hatte es keinen Sinn, einen Kunden zu verpassen, und manche kamen recht spät, um ihre geliehenen Bücher auszutauschen. Die Klingel, die die Tür beim Öffnen betätigte, konnte man in der Küche hören. Das Haus war eng, eines der ältesten an der Place du Vieux-Marché – auf einem der Bausteine war noch ein Wappenschild zu sehen mit der Jahreszahl 1596.

»Das Essen ist bereit«, hatte ihm Gina zugerufen, und im selben Augenblick hatte er ein Brutzeln in der Pfanne gehört.

»Ich komme.«

Sie trug ein Kleid aus roter Baumwolle, das ihre Formen zur Geltung brachte. Zu diesem Thema hatte er ihr gegenüber nie eine Bemerkung gewagt. Sie hatte volle Brüste, üppige Hüften und verlangte von ihrer Schneiderin eng anliegende Kleider, unter denen sie nur einen Slip und einen Büstenhalter trug, so daß man bei einer Bewegung sogar den Nabel sich abzeichnen sah.

13

Sie briet Fische, und davor gab es Sauerampfer-suppe. Ein Tischtuch war bei ihnen nicht üblich; das Geschirr stand auf dem Wachstuch, und oftmals machte sich Gina nicht einmal die Mühe, Schüsseln zu verwenden, sondern begnügte sich damit, die Kochtöpfe auf den Tisch zu stellen.

Außer Hause, unter fremden Leuten, da war sie fröhlich, da blitzten ihre Augen verführerisch, da lachte ihr Mund – und sie lachte um so lieber, als sie blendend weiße Zähne hatte.

Sie war das schönste Mädchen des Marktes, dar-über waren sich alle einig, auch wenn sich gewisse Leute zurückhaltend äußerten oder eine verkniffene Miene machten, wenn die Rede auf sie kam.

Wenn sie mit Jonas zusammen war, wich alles Leuchten aus ihrem Gesicht. Manchmal ließ sich die Veränderung beobachten, wenn sie die Schwelle zum Laden überschritt. Fröhlich warf sie einem Vorüber-gehenden ein letztes Scherzwort zu, und in der Zeit, die sie brauchte, um sich zum Betreten des Hauses umzudrehen, verloren ihre Züge jeden Ausdruck; ihre Art zu gehen war nicht mehr die gleiche, und wenn sie die Hüften noch immer rollte, so geschah es nun plötzlich aus Überdruß.

Es kam vor, daß sie in vollkommenem Schweigen aßen, so rasch es ging, wie um sich einer lästigen Aufgabe zu entledigen, und während er noch bei Tische saß, begann sie schon hinter ihm das Geschirr zu spülen.

Hatten sie an diesem Abend gesprochen? Da er noch nicht wußte, was geschehen würde, hatte er nicht darauf geachtet; aber erinnern konnte er sich an keinen Satz.

Die Place du Vieux-Marché, am Morgen so laut, wurde nach Einbruch des Abends sehr still, und man hörte lediglich in der Straße nach Bourges, aus über hundert Metern Entfernung, die Wagen vorbei-fahren oder von Zeit zu Zeit eine Mutter von der Türschwelle aus nach den Kindern rufen, die sich unter dem ausladenden Schieferdach verweilten.

Beim Abwaschen hatte sie verkündet:

»Ich gehe zu Clémence.«

Die älteste Tochter des Metzgers hatte einen An-gestellten des Wasserwerks geheiratet; es war eine schöne Hochzeit gewesen, damals vor zwei Jahren. Der ganze Platz hatte daran teilgenommen. Sie hieß jetzt Reverdi, und das junge Paar wohnte an der Rue des Deux-Ponts.

Obwohl er von seiner Frau keine Erklärungen verlangte, hatte sie, ihm unverändert den Rücken kehrend, hinzugesetzt:

»Es läuft ein Film, den die beiden gern sehen möchten.«

In solchen Fällen kam es vor, daß Gina das erst acht Monate alte Kind hüten ging. Sie nahm sich jeweils ein Buch und den Schlüssel mit und kam nicht vor Mitternacht nach Hause, denn die Rever-dis besuchten die Spätvorstellung.

Die Lampe hatte noch nicht gebrannt. Es fiel noch genügend Licht durch Fenster und Tür, die auf den Hof hinausgingen. Die Luft war bläulich und von einer eindrücklichen Regungslosigkeit, wie oftmals am Ende der sehr langen Sommertage. Vögel zwitscherten auf der Linde, die zur Kolonialwarenhandlung Chaigne gehörte, auf dem einzigen Baum des ganzen Häuserblocks, inmitten eines weiten, mit Fässern und Kisten verstellten Hofes.

Gina war hinaufgegangen. Die Treppe führte nicht von der Küche aus nach oben, sondern von dem kleinen Zimmer, das Küche und Laden trennte und das Jonas sein Büro nannte.

Als Gina herunterkam, hatte sie weder Mantel noch Hut an. Einen Hut trug sie übrigens nur sonntags für den Gang zur Messe. An den übrigen Tagen ging sie ohne Kopfbedeckung, die braunen Haare unordentlich, und wenn sie ihr ins Gesicht fielen, warf sie sie mit einem Rucken des Kopfes nach hinten.

»Bis gleich.«

Es war ihm aufgefallen, daß sie die große, rechteckige, lacklederne Handtasche an sich preßte, die er ihr zu ihrem letzten Geburtstag geschenkt hatte. Fast hätte er sie zurückgerufen, um ihr zu sagen:

»Du hast vergessen, ein Buch mitzunehmen.«

Aber schon entfernte sie sich lebhaften Schritts, fast laufend, auf dem Bürgersteig Richtung Rue des Prémontrés. Er war eine Zeitlang auf der Schwelle stehengeblieben, um ihr mit den Augen zu folgen, dann um die noch laue Abendluft zu atmen und um die allmählich aufflammenden Lichter zur Linken, in der Rue de Bourges, zu betrachten.

Was hatte er bis Mitternacht getrieben? Die Bücherkästen, die er morgens auf dem Bürgersteig anbrachte, waren bereits hereingeholt. Einige Bände hatte er umgestellt – ohne triftigen Grund, einfach um die Farben der Umschläge aufeinander abzustimmen. Er hatte das Licht angedreht. Überall waren Bücher: auf den bis zur Decke reichenden Gestellen und stapelweise auf dem Ladentisch und in den Winkeln am Boden. Es handelte sich um antiquarische Bücher, fast alle abgegriffen, beschmutzt, mit Klebstreifen geflickt, und er lieh mehr aus, als er verkaufte.

Nur auf einer Seite des Raumes gab es alte Einbände zu sehen, Ausgaben des 17. und des 18. Jahrhunderts: einen alten, in Belgien gedruckten La Fontaine, eine lateinische Bibel mit seltsamen Stichen, Bourdaloues Predigten, fünf Exemplare verschiedenen Formats des *Télémaque,* sodann weiter unten neuere mehrbändige Werke wie die *Histoire du Consulat et de l'Empire,* in feierliches Grün gebunden.

Jonas rauchte nicht. Von Kaffee abgesehen, trank er auch nicht. Ins Kino ging er von Zeit zu Zeit nur, um Gina Freude zu machen. Machte es Gina wirklich Freude? Er war dessen nicht so sicher. Immerhin legte sie Wert darauf – so wie sie Wert darauf legte, daß er eine Loge nahm, was nach ihrer Vorstellung dartun sollte, daß sie verheiratet war.

Er nahm es nicht übel. Er nahm ihr überhaupt nichts übel, nicht einmal jetzt. Mit welchem Recht hätte er irgend etwas von ihr gefordert?

Sein Büroverschlag zwischen Laden und Küche war fensterlos; er bekam nur durch die beiden Türen Luft, und auch hier gab es Bücher bis an die Decke.

Was es hier aber vor allem gab – in dem Möbel-stück, an dem er sich jedesmal mit einem Seufzer der Genugtuung niederließ –, das waren philatelisti-sche Werke und seine Briefmarken.

Er war nämlich nicht nur Buchhändler. Er war auch Briefmarkenhändler. Zwar sah man es seinem zwischen den Lebensmittelgeschäften des Vieux-Marché eingekeilten Laden nicht an, und die Ge-schäftsleute im Quartier hätten nicht übel gestaunt zu erfahren, daß der Name Jonas Milk Händlern und Sammlern der ganzen Welt bekannt war.

In einer Schublade in Reichweite waren Präzi-sionsinstrumente aufgereiht, mit deren Hilfe man die Zähne der Briefmarken zählen und messen, die Papierqualität oder das Wasserzeichen prüfen, Män-gel eines Drucks oder eines Überdrucks entdecken und Retouchen aufspüren konnte.

Im Gegensatz zu den meisten seiner Berufskolle-gen kaufte er alles, was ihm in die Hände kam, und ließ vom Ausland jene Umschläge mit fünfhundert, tausend, ja zehntausend Briefmarken kommen, die an Anfänger verkauft werden und praktisch wertlos sind.

Diese Briefmarken, die doch bereits durch die Hände gewiegter Geschäftsleute gegangen waren, prüfte er eine um die andere, verwarf keine von vornherein, und hin und wieder glückte ihm ein Fund.

Irgendeine bestimmte Ausgabe, uninteressant in ihrer gängigen Form, wurde zur Rarität, wenn bei-spielsweise das Bild von einer fehlerhaften Platte stammte; irgendeine andere war im Verlauf der Probedrucke in einer andern als der endgültigen Farbe gedruckt worden, und solche Exemplare stellten Stücke von höchster Seltenheit dar.

Fast alle Händler, wie auch fast alle Sammler, legen sich auf eine Epoche oder einen Briefmarkentyp fest.

Jonas Milk hatte sich auf Fehldrucke spezialisiert, auf Briefmarken, die in der einen oder andern Hinsicht von der Norm abwichen.

An jenem Abend hatte er, die Lupe in der Hand, bis halb zwölf gearbeitet. Einen Augenblick erwog er, das Haus zu schließen und seiner Frau entgegenzugehen. Clémence und ihr Gatte wohnten nur zehn Minuten entfernt in einer ruhigen Straße mit Blick auf den Kanal.

Gern wäre er mit Gina auf den verlassenen Trottoirs zurückgeschlendert, und hätten sie sich auch nichts zu sagen gewußt.

Aus Furcht, sie zu verstimmen, verfolgte er diesen Wunsch nicht weiter. Sie hätte ja meinen können, er wolle sie überwachen und sich dessen vergewissern, daß sie wirklich zu Clémence gegangen war und daß sie von dort allein zurückkehrte.

Er begab sich in die Küche und zündete den Gasbrenner an, um sich eine Tasse Kaffee zu machen. Kaffee hinderte ihn nicht am Schlafen. Er benützte die Gelegenheit, um ein bißchen Ordnung zu schaffen, denn nicht einmal die Pfannen hatte seine Frau weggeräumt.

Auch das nahm er ihr nicht übel. Seit seiner Verheiratung war das Haus schmutziger als während seiner Junggesellenjahre, während derer er fast den ganzen Haushalt allein besorgt hatte. Vor ihren Augen wagte er nicht aufzuräumen oder zu putzen, aus Furcht, sie könne das als Vorwurf auffassen; aber in ihrer Abwesenheit fand er immer etwas sauberzumachen.

Heute zum Beispiel war es die Bratpfanne; Gina hatte sich nicht einmal die Zeit genommen, sie zu spülen, und dabei roch sie nach Hering.

An der Kirche Sainte-Cécile ganz unten am Markt, an der Ecke zur Rue de Bourges, schlug es Mitternacht. Er rechnete sich aus, wie er es schon andere Male getan hatte, daß das Kino um halb zwölf aus war, daß die Reverdis keine zwanzig Minuten brauchten, um an die Rue des Deux-Ponts zu gelangen, und daß sie vielleicht noch ein Weilchen mit Gina plauderten.

Sie würde also nicht vor halb ein Uhr heimkommen; er ließ daher im Erdgeschoß ein einziges Licht brennen und stieg in den oberen Stock hinauf, wobei er sich fragte, ob seine Frau den Schlüssel wohl mitgenommen habe. Er erinnerte sich nicht, ihn in ihrer Hand gesehen zu haben. Für gewöhnlich war es bei ihr eine fast rituelle Handlung, ihn im letzten Augenblick in die Handtasche gleiten zu lassen.

Er würde also vielleicht noch einmal hinuntersteigen müssen, um ihr zu öffnen, aber schlafen würde er dann ja noch nicht. Das Schlafzimmer war niedrig, hatte einen dicken, weiß gestrichenen Deckenbalken in der Mitte, eine Bettstatt aus Nußbaumholz und einen zweitürigen Spiegelschrank, den er an einer Auktion ersteigert hatte.

Selbst hier herauf stieg der Geruch der alten Bücher, vermischt mit Küchendüften; heute abend mit dem Geruch von Hering.

Er zog sich aus, schlüpfte in seinen Schlafanzug und putzte sich die Zähne. Von den zwei Fenstern schaute eines hinten hinaus, und von ihm aus konnte er jenseits des Hofes der Chaignes die Fenster der Familie Palestri, Ginas Eltern, sehen. Sie waren schon zu Bett gegangen. Wie alle am Markt, standen auch sie vor Tagesanbruch auf, und nur das Fenster Frédos, des Bruders von Gina, war noch erleuchtet. Vielleicht war er gerade aus dem Kino nach Hause gekommen? Er war ein sonderbarer Bursche mit einem Haaransatz, der tief in die Stirn reichte, und mit buschigen Brauen; er pflegte Jonas anzublicken, als habe er ihm die Heirat mit seiner Schwester nie verziehen.

Um halb eins war sie noch immer nicht nach Hause gekommen, und Milk, im Bett, aber die Brille noch auf der Nase, betrachtete mit melancholischer Geduld die Zimmerdecke.

Noch war er nicht beunruhigt. Zwar hätte er es sein können, war es doch schon vorgekommen, daß sie nicht nach Hause kam, und einmal war sie drei Tage weggeblieben.

Bei ihrer Rückkehr hatte sie ihm keinerlei Erklärung abgegeben. Im Grunde hatte sie keinen Anlaß, stolz zu sein. Ihre Züge waren scharf, die

Augen matt gewesen. Es war, als bringe sie fremde Gerüche mit. Aber als sie an ihm vorbeigegangen war, hatte sie sich dennoch aufgerichtet, um ihm trotzig ins Gesicht zu sehen.

Er hatte nichts gesagt. Wozu auch? Was hätte er ihr schon sagen können? Im Gegenteil, er hatte sie liebenswürdiger und aufmerksamer als üblich behandelt, und zwei Abende danach war sie es gewesen, die einen Spaziergang am Kanal vorschlug und sich bei ihm einhängte.

Sie war nicht bösartig. Sie verabscheute ihn nicht wie ihr Bruder. Er war überzeugt, daß sie ihr Bestes tat, um ihm eine gute Frau zu sein, und daß sie ihm dafür dankbar war, daß er sie geheiratet hatte.

Zwei- oder dreimal fuhr er zusammen, da er Geräusche hörte; es waren aber die Mäuse drunten – er hatte es aufgegeben, sie zu bekämpfen. Rund um den Markt, wo es so köstlich duftete, wo sich so viele schmackhafte Nahrungsmittel häuften, waren alle Wände mit Gängen miniert: eine geheime Stadt der Nager.

Glücklicherweise fanden Ratten und Mäuse anderweitig genug für ihren Unterhalt, so daß sie nicht versucht waren, sich an die Bücher heranzumachen, und Jonas beunruhigten sie nicht mehr. Manchmal spazierten die Mäuse durch die Kammer, wenn Gina und er im Bett lagen; sie kamen bis zum Fußende des Betts, neugierig darauf, so konnte man meinen, Menschen schlafen zu sehen, und die menschliche Stimme erschreckte sie nicht mehr.

Jenseits des Platzes hielt ein Motorrad – es gehörte dem Sohn des Fischhändlers Chenu; dann stellte sich die Stille wieder ein, und die Kirchenuhr schlug drei Viertel, dann ein Uhr, und erst jetzt stand Jonas auf und ging zum Stuhl mit dem Strohgeflecht, wo er seine Kleider ablegte.

Heute gab es eine mögliche Erklärung. Vielleicht war Poupou, das Kind von Clémence, krank, und Gina war für eine Handreichung geblieben?

Er kleidete sich an, noch immer zuversichtlich, stieg die Treppe hinunter, warf für alle Fälle einen Blick in die Küche – sie war leer und roch nach kalt gewordenem Hering; beim Durchschreiten des Büros nahm er seinen Hut, verließ das Haus und schloß hinter sich zu.

Und wenn Gina nun keinen Schlüssel hatte? Wenn sie während seiner Abwesenheit heimkam? Wenn sie auf einem andern Weg von Clémence zurückkehrte?

Er zog es vor, den Schlüssel zurückzudrehen, damit sie hineinkonnte. Der Himmel über dem ausladenden Schieferdach war klar, abgesehen von einigen wenigen Wolken, die der Mond schimmern ließ. Ziemlich weit weg in der Rue de Bourges schritt ein Paar, und die Luft trug den Schall so weit, daß man trotz des Abstands die kleinsten Äußerungen hören konnte.

Bis zur Rue des Deux-Ponts begegnete er niemandem und sah nur ein einziges erleuchtetes Fenster: vielleicht einer, der wartete, wie er, oder ein Kranker, ein Sterbender?

Der Lärm, den seine Sohlen auf dem Pflaster

machten, störte ihn: Er gab ihm das Gefühl, ein Eindringling zu sein.

Er kannte das Haus, in dem die Reverdis wohnten: das zweite links nach der Ecke; und sofort sah er, daß im Stockwerk der jungen Familie kein Licht mehr brannte.

Wozu läuten, Radau auslösen, Fragen aufwerfen, die niemand beantworten konnte?

Gina würde vielleicht doch noch heimkommen. Es war mehr als wahrscheinlich, daß sie gelogen hatte, daß sie nicht zu Clémence gegangen war, daß diese und ihr Gatte gar nicht im Kino waren.

Er erinnerte sich, daß sie kein Buch mitgenommen hatte, wie sie es sonst tat, wenn sie Poupou hüten ging, und ebenso war ihm aufgefallen, daß sie ihre Lackledertasche bei sich hatte.

Ohne Grund blieb er wohl fünf Minuten am Randstein stehen und blickte nach den Fenstern, hinter denen Leute schliefen; dann entfernte er sich wie auf Zehenspitzen.

Als er die Place du Vieux-Marché erreichte, verstopfte ein erster riesiger Lastwagen, der von Moulins herkam, die Rue des Prémontrés fast völlig, und der Fahrer schlief in seiner Kabine mit offenem Mund.

Noch auf der Schwelle rief er:

»Gina!«

Wie um das Schicksal zu beschwören, bemühte er sich, in einem natürlichen Ton, ohne Beklemmung zu sprechen.

»Bist du da, Gina?«

Er schloß die Tür und legte den Riegel vor, schwankte, ob er sich noch eine Tasse Kaffee machen solle, entschied sich zu einem Nein, stieg in die Kammer hinauf und legte sich wieder zu Bett.

Wenn er eingenickt war, hatte er es nicht gemerkt. Er hatte grundlos die Lampe brennen lassen, und eine Stunde verrann, ehe er die Brille absetzte, ohne welche er die Welt nur undeutlich und verschwommen sah. Er hörte weitere Lastwagen eintreffen, Türen knallen, das Stapeln von Kisten und Harassen auf Steinplatten.

Auch hörte er, wie Fernand Le Bouc seine Bar öffnete, dann die ersten Lieferwagen der Einzelhändler.

Gina war nicht heimgekommen. Gina kam nicht.

Er mußte eingeschlummert sein, denn er erlebte den Übergang von Nacht zu Tag nicht. Im einen Augenblick hatte noch Dunkel geherrscht, durchlöchert von den Lichtern des Marktes; dann plötzlich war Sonnenschein in die Kammer und auf das Bett gefallen.

Mit zögernder Hand tastete er nach der Stelle neben sich, und natürlich war der Platz leer. Sonst strömte Gina Wärme aus, lag da mit angezogenen Beinen und roch stark nach Weib. Mitunter überkam es sie im Schlaf, so daß sie sich plötzlich umdrehte, einen Schenkel auf Jonas' Schenkel legte und ihn unter immer heftigerem Atmen preßte.

Er beschloß, nicht hinunterzugehen, nicht vorzeitig aufzustehen, der alltäglichen Routine zu folgen. Er schlief nicht wieder ein, und um seinen Geist zu beschäftigen, achtete er gespannt auf die Geräusche des Marktes und bemühte sich, sie mit jener peinlichen Genauigkeit zu identifizieren, die er einsetzte, um die Eigenheiten einer Briefmarke aufzuspüren.

Er war beinahe hier geboren, auch er. Nicht ganz. Nicht wie die andern. Aber morgens grüßten sie ihn, wie sie auch einander grüßten, mit der gleichen gutmütigen Vertraulichkeit, und am Schanktisch Le Boucs hatte er sozusagen seinen festen Platz.

Zweimal hörte er die Stimme Ancels, des Metzgers, der auf dem Trottoir mit einem Mann verhandelte, der ihm die Ochsenviertel lieferte, und dann gab es da eine Sache mit Schafen, die ihn in Zorn versetzte. Die Kolonialwarenhandlung Chaigne nebenan öffnete später, und das nächste Haus gehörte den Palestris, wo Angèle, Ginas Mutter, bereits an der Arbeit war.

Sie kümmerte sich ums Geschäft. Ihr Gatte, Louis, war zwar ein braver Mann, aber er konnte das Trinken nicht lassen. Also hatte man, um ihn zu beschäftigen, ein Lieferdreirad gekauft, und nun besorgte er die Lieferungen – nicht nur für den eigenen Laden, sondern auch für die Leute auf dem Markt, die über kein Transportmittel verfügten.

Das demütigte ihn. Er gab es zwar nicht zu. Einerseits war er froh, den ganzen Tag außer Haus zu sein und nach Belieben trinken zu können. Aber anderseits war er nicht blöd und merkte, daß er nicht zählte, daß er nicht mehr das eigentliche Haupt seiner Familie war, und das trieb ihn dazu, noch mehr zu trinken.

Was hätte Angèle denn tun sollen? Jonas hatte sich die Frage gestellt und keine Antwort gefunden.

Gina hatte keine Achtung vor ihrem Vater. Wenn er sie zwischen zwei Botengängen besuchen kam, stellte sie die Weinflasche und ein Glas auf den Tisch und sagte:

»Da! Das willst du doch?«

Er tat, als ob er darüber lache, als halte er es für einen Scherz. Er wußte, daß es ernst gemeint war, und trotzdem widerstand er nicht dem Bedürfnis, sich ein Glasvoll einzuschenken, und entschädigte sich, indem er beim Abschied hinwarf:

»Du bist mir ein Weibsstück!«

Jonas versuchte, in solchen Fällen nicht anwesend zu sein. Vor ihm fühlte sich Palestri noch tiefer gedemütigt, und das war vielleicht einer der Gründe, weswegen er auf Jonas fast ebenso böse war wie sein Sohn.

Um sechs Uhr stand Jonas auf und ging hinunter, um sich seinen Kaffee zu machen. Er ging immer als erster hinunter, und zur Sommerszeit begann er damit, die Hoftür zu öffnen. Oft erschien Gina erst gegen halb acht oder gar acht Uhr unten, wenn schon der Laden offen war.

Sie liebte es, in Morgenrock und Schlappen herumzutrödeln, das Gesicht noch glänzend vom Nachtschweiß, und es machte ihr gar nichts aus, von Fremden so gesehen zu werden; sie pflanzte sich unter der Türe auf, schlurfte an der Ladenfront der

Chaignes vorbei, um ihrer Mutter guten Tag zu sagen, und kam mit Gemüse oder Obst zurück.

»Salü, Gina!«

»Salü, Pierrot!«

Sie kannte jedermann – die Grossisten, die Detaillisten, die Lastwagenfahrer ebenso wie die Frauen vom Lande, die die Erzeugnisse ihres Gartens oder ihres Hühnerhofs verkaufen kamen. Schon ganz klein, mit nacktem Popo, war sie zwischen den Kisten und Körben durchgeschlüpft.

Jetzt war sie kein kleines Mädchen mehr. Sie war eine Frau von vierundzwanzig Jahren, und ihre Freundin Clémence hatte ein Kind, andere hatten gar zwei oder drei.

Sie war nicht heimgekommen, und Jonas brachte vor dem Schaufenster mit gemessenen Bewegungen seine Kästen an, richtete die Preisschilder wieder auf und ging zur Bäckerei gegenüber, Croissants kaufen. Er nahm immer fünf, drei für sich, zwei für seine Frau, und als man sie ihm ohne zu fragen in braunes Seidenpapier wickelte, wehrte er nicht ab.

Er würde die überzähligen Croissants einfach wegwerfen müssen – das war alles; und auf diese Weise war er darauf verfallen, nichts zu sagen, was bei seiner Denkweise bedeutete, nicht einzugestehen, daß Gina fortgegangen war, ohne ihm etwas zu sagen.

Und war sie denn wirklich fortgegangen? Sie hatte, als sie am Abend aus dem Hause ging, nur ihr rotes Baumwollenes angehabt, hatte nur ihre Lackledertasche bei sich getragen.

Sie konnte im Laufe des Tages jeden Augenblick zurückkommen. Vielleicht war sie schon da?

Noch einmal versuchte er es mit der Beschwörung:

»Gina!«, rief er beim Eintreten in einem fast fröhlichen Ton.

Dann frühstückte er allein an einer Ecke des Küchentischs, wusch Tasse und Teller ab und sammelte die Krumen ein. Um ein übriges zu tun, stieg er in den ersten Stock hinauf und vergewisserte sich, daß der Handkoffer seiner Frau noch immer im Schrank stand. Sie besaß nur diesen einen. Sie hätte ja am Vorabend, zum Beispiel während er bei Le Bouc seinen Kaffee trank, den Koffer aus dem Hause schaffen und irgendwo einstellen können.

Der Briefträger kam vorbei, und Jonas war eine Zeitlang damit beschäftigt, die Post zu lesen und einen flüchtigen Blick auf die Briefmarken zu werfen, die er in Kairo bestellt hatte.

Schon bald war es zehn Uhr, und wie jeden Vormittag ging er zu Fernand Le Bouc hinüber.

»Geht es Gina gut?«

»Es geht ihr gut.«

»Ich fragte mich, ob sie wohl krank sei. Sie war heute morgen nicht zu sehen.«

Hätte er doch nur irgend etwas zur Antwort gegeben, bloß nicht:

Sie ist nach Bourges gefahren.

Er ärgerte sich über seine dumme Ungeschicklichkeit. In einer halben Stunde, in einer Stunde konnte sie zurückkommen, und wie stand er dann mit seiner Antwort da?

Eine Göre, die nicht weit von seinem Laden Blumen verkaufte, kam wie ein Wirbelwind ihr Buch umtauschen, wie sie es jeden Vormittag tat, denn sie las einen Roman täglich.

»Ist der da gut?«

Er sagte ja. Sie wählte stets die gleiche Art Bücher, deren grellbunte Deckel den Inhalt garantierten.

»Ist Gina nicht da?«

»Im Augenblick nicht.«

»Geht's ihr gut?«

»Ja.«

Plötzlich schoß ihm ein Gedanke durch den Kopf, der ihn rot werden ließ, denn er schämte sich, andern zu mißtrauen, von andern – wie er es nannte – schlecht zu denken. Kaum daß das Blumenmädchen aus dem Haus war, stieg er in die Kammer hinauf und öffnete den Spiegelschrank, auf dessen Boden, unter den dort hängenden Kleidern – den seinen und Ginas –, er einen Stahlkoffer aufbewahrte, den er einmal bei Viroulet gekauft hatte.

Der Koffer stand an seinem Platz, und es fiel Jonas schwer, noch weiter zu gehen, den Schlüssel aus der Tasche zu ziehen und ihn ins Schloß zu stecken.

Wäre Gina in diesem Augenblick heimgekommen, er wäre vielleicht vor Scham in Ohnmacht gefallen.

Aber Gina kam nicht heim, und ohne Zweifel würde sie so bald nicht heimkommen.

Die durchsichtigen Umschläge, die seine allerseltensten Marken enthielten, unter anderen die blaue Trinidad zu fünf Cent von 1847 mit dem Bild des Dampfers Lady McLeod, waren verschwunden.

2

Jonas' Heirat

E r stand noch immer vor dem Spiegelschrank, Schweißtropfen auf der Oberlippe, als er Schritte hörte – zuerst im Laden – dann in seinem Büro. Zur Sommerszeit schloß er die Ladentüre selten, denn das Haus war bei seiner Tiefe schlecht zu lüften. Regungslos erwartete er, die Stimme eines Kunden oder einer Kundin zu hören:

»Ist jemand da?«

Aber die Schritte gingen bis zur Küche weiter, wo der Besuch sich verweilte, ehe er zum Fuß der Treppe zurückkehrte. Es waren Männerschritte, schwerfällige, ein wenig schleppende, und Jonas fragte sich schon gebannt, ob der Unbekannte die Stufen erklimmen werde, als die rauhe Stimme seines Schwiegervaters das Treppenhaus heraufbellte:

»Bist du da, Gina?«

Warum packte ihn Panik, als habe man ihn bei etwas Ungehörigem ertappt? Ohne den Stahlkoffer zu schließen, schlug er die Schranktüren zu und schwankte, ob er hinuntersteigen oder glauben machen solle, es sei niemand zu Hause. Ein Fuß wurde auf die erste Stufe gesetzt. Die Stimme wiederholte:

»Gina!«

Erst jetzt stammelte er:

»Ich komme.«

Bevor er das Schlafzimmer verließ, hatte er noch Zeit, im Spiegel festzustellen, daß sein Gesicht rot war.

Um diese Tageszeit war Palestri noch nicht betrunken. Selbst abends kam es nie dahin, daß er schwankte. Frühmorgens waren seine Augen ein bißchen gerötet und trüb, seine Miene abgespannt; aber nach einem oder zwei Gläschen Marc oder vielmehr Grappa – dem italienischen Traubentrester – zeigte er mehr Haltung.

Er trank nicht etwa ausschließlich den Grappa, den Le Bouc eigens für ihn kaufte, sondern alles, was man ihm anbot oder was er in den andern Bars fand, wo er Halt machte.

Als Jonas herunterkam, fingen seine Augen eben erst an zu glänzen und seine Haut sich zu beleben.

»Wo ist Gina?«, forschte er, indem er nach der Küche blickte, wo er sie zu finden erwartet hatte.

Auch überraschte es ihn, seinen Schwiegersohn vom ersten Stock herunterkommen zu sehen, während im Erdgeschoß überhaupt niemand war, und er schien eine Erklärung dafür zu fordern. Jonas hatte keine Zeit zum Nachdenken. Es war wie vorhin bei Fernand: Er ließ sich überrumpeln. Und da er schon einmal von Bourges gesprochen hatte, war es nicht das Beste, damit fortzufahren?

Er spürte ein Bedürfnis, sich zu verteidigen, und hatte doch nichts getan. Palestri mit seiner Grobheit, mit seinem noch immer hageren und knorrigen großen Körper, schüchterte ihn ein.

Er stotterte:

»Sie ist nach Bourges gefahren.«

Er spürte, daß es nicht überzeugend klang, daß sein Blick hinter den dicken Gläsern den Blick seines Gesprächspartners zu meiden suchte.

»Um die Loute zu besuchen?«

»So hat sie mir gesagt.«

»Hat sie ihrer Mutter Adieu gesagt?«

»Das weiß ich nicht.«

Feig wich er nach der Küche aus, nahm, wie es Gina gewöhnlich tat, die Rotweinflasche aus dem Schrank und stellte sie neben ein Glas auf das Wachstuch des Tisches.

»Wann ist sie gefahren?«

Später sollte er sich fragen, warum er sich von diesem Augenblick an wie ein Schuldiger benommen hatte. Zum Beispiel fiel ihm der Handkoffer seiner Frau im Kleiderschrank ein. Wäre sie schon am Vorabend zum Besuch ihrer Freundin aufgebrochen, hätte sie diesen Koffer mitgenommen. Also durfte sie das Haus erst selbigen Tags verlassen haben.

Daher antwortete er:

»Heute morgen.«

Louis hatte schon die Hand nach dem Glas ausgestreckt, das er sich eingeschenkt hatte, aber er zögerte zu trinken, als sei er argwöhnisch.

»Mit dem Autobus von sieben Uhr zehn?«

Es gab keinen andern vor dem Halb-zwölf-Uhr-Bus, und der war noch nicht gefahren. Jonas blieb also keine andere Wahl, als mit Ja zu antworten.

Es war töricht; er verwickelte sich in ein Netz von Lügen, die andere nach sich zogen und woraus er sich nie würde befreien können. Um sieben Uhr morgens lag der Markt fast verlassen da. Es war die flaue Zeit zwischen den Grossisten und der Detailkundschaft. Ginas Mutter hätte ihre Tochter bestimmt vorbeigehen sehen, und übrigens hätte diese ihren Laden betreten, um Adieu zu sagen.

Auch anderen wäre sie aufgefallen. Es gibt Straßen, wo die Leute in ihren Häusern wie in hermetisch verschlossenen Kammern wohnen und wo einer kaum seinen Nachbarn kennt. Die Place du Vieux-Marché war anders; sie glich ein bißchen einer Mietkaserne, wo die Türen offen bleiben und wo man das Treiben der Familie nebenan Stunde um Stunde kennt.

Warum beobachtete Palestri seinen Schwiegersohn mit so mißtrauischer Miene? Doch wohl darum, weil dieser so aussah, als lüge er. Immerhin leerte er sein Glas in einem Zug und trocknete sich den Mund mit jener vertrauten Handbewegung, die jener des Metzgers glich; doch ging er noch nicht, sondern betrachtete die Küche rundum, und Jonas glaubte, den Grund seines Stirnrunzelns zu verstehen.

Etwas war diesen Morgen an der Atmosphäre des Hauses nicht natürlich. Es war zu ordentlich. Nichts lag herum; man spürte nichts von jener Schlamperei, die Gina stets zurückließ.

»Salü!«, entschloß er sich endlich zu knurren, indem er sich dem Laden zuwandte.

Wie zu sich selbst setzte er hinzu:

»Ich sag's ihrer Mutter, daß sie verreist ist. Wann kommt sie heim?«

»Ich weiß es nicht.«

Hätte Jonas besser daran getan, ihn zurückzurufen und ihm die Wahrheit zu gestehen? Ihm mitzuteilen, daß seine Tochter verschwunden war – unter Mitnahme seiner wertvollen Briefmarken?

Die Marken unten in den Schubladen des Büros waren die ersten besten, die Briefmarken, die er umschlagweise kaufte, und solche, die er bereits gesichtet hatte und tauschen oder an Schüler verkaufen wollte.

Der Koffer dagegen hatte noch am Vorabend ein wahres Vermögen enthalten: seltene Briefmarken, die er im Laufe von fünfundzwanzig Jahren dank Geduld und Fingerspitzengefühl entdeckt hatte; denn schon am Gymnasium hatte er begonnen, sich für Briefmarken zu interessieren.

Ein einziges Stück, die Perle seiner Sammlung, eine französische Marke von 1849 mit der Darstellung des Ceres-Kopfes auf lebhaft zinnoberrotem Grund, war nach dem Katalog sechshunderttausend Francs wert.

Die Marke aus Trinidad mit dem Dampfer Lady McLeod war mit dreihunderttausend notiert, und er besaß noch andere von Wert, wie etwa die rosarote Porto-Rico zu zwei Peseten, mit einer Paraphe überdruckt, wofür man ihm fünfunddreißigtausend Francs geboten hatte.

Zwar hatte er den Gesamtwert seiner Sammlung nie ausgerechnet; aber zehn Millionen stellte er mindestens dar.

Die Leute am Vieux-Marché ahnten nichts von diesem Reichtum. Er sprach mit keinem darüber, und es machte ihm nichts aus, als Kauz zu gelten.

Eines Abends jedoch hatte einer der Kataloge auf dem Schreibtisch herumgelegen, und Gina hatte zerstreut darin geblättert.

»Was heißt das: ›doppelter Aufdruck‹?«

Er hatte es ihr erklärt.

»Und ›h'ol'br‹?«

»Die Farbe hell olivbraun.«

»Und ›2p‹?«

»Zwei Peseten.«

Die Abkürzungen machten sie neugierig.

»Kompliziert!«, hatte sie geseufzt.

Schon war sie drauf und dran, den Katalog zuzuklappen, als sie eine letzte Frage stellte.

»Und die Zahl 4000 hier in dieser Kolonne?«

»Das ist der Wert der Marke.«

»Willst du damit sagen, daß diese Marke viertausend Francs wert ist?«

Er hatte gelächelt.

»Jawohl.«

»Alle Zahlen in dieser Kolonne geben den Wert der Marken an?«

»Ja.«

Sie blätterte im Katalog mit gesteigertem Interesse.

»Hier steht 700 000. Gibt es so etwas – Marken zu siebenhunderttausend Francs?«

»Ja.«

»Solche hast du?«

»Die da habe ich nicht, nein.«

»Hast du andere – ebenso teure?«

»Nicht ganz.«

»Sehr teure?«

»Ziemlich teure.«

»Hast du deshalb eine Stahlkassette gekauft?«

Das war im vergangenen Winter gewesen, und er erinnerte sich, daß es draußen schneite und daß man unterhalb der Scheiben ein weißes Polster liegen sah. Im Büro summte der Ofen. Es mußte acht Uhr abends gewesen sein.

»Gut so!«

»Was?«

»Nichts. Ich hatte davon keine Ahnung.«

An der Place du Vieux-Marché galt er als vermögend; es wäre schwierig gewesen zu sagen, wie dieses Gerücht aufgekommen war. Hing es vielleicht damit zusammen, daß er lange Junggeselle blieb? Die Leute aus dem Volk stellten sich selbstverständlich vor, ein Junggeselle könne Geld auf die hohe Kante legen. Überdies hatte er vor seiner Verheiratung mit Gina die Mahlzeiten im Restaurant eingenommen – bei Pépito, auch einem Italiener, im ersten Haus an der Hauptstraße, gleich hinter der Kolonialwarenhandlung Grimoux-Marmion, einem Eckhaus.

Zweifellos mußte er diesen Detaillisten, deren Laden den ganzen Tag keinen Augenblick leer stand, wie ein Amateur vorkommen. Konnte man sein Leben wirklich mit dem Kaufen, Verkaufen und Ausleihen alter Bücher verdienen? Vergingen denn manchmal nicht ein oder gar zwei Stunden, ohne daß ein Kunde seinen Laden betrat?

Trotzdem hatte er zu leben, hatte überdies zwei Stunden am Tag – und samstags sogar einen halben Tag – eine Haushälterin. Also mußte er Geld haben.

War Gina enttäuscht, als sich nach ihrer Verheiratung nichts an seiner Lebensweise änderte? Hatte sie eine andere Existenz erwartet?

Er hatte sich die Frage nie gestellt, und erst jetzt gab er sich Rechenschaft, daß er lebte, ohne sich um das zu kümmern, was um ihn herum vorging.

Wenn er jetzt im Kassenschubfach nachsähe, wo er das Geld in einer dicken, vor Abnützung grau gewordenen Brieftasche aufbewahrte, würde er den richtigen Betrag finden? Er war vom Gegenteil fast überzeugt. Hin und wieder hatte Gina kleine Summen stibitzt, in der Weise von Kindern, die sich Süßigkeiten kaufen möchten. Anfangs begnügte sie sich mit einigen Hundert-Francs-Stücken, die sie aus der in Fächer unterteilten Schachtel nahm, in der er das Kleingeld ordnete.

Später hatte sie sich bis zum Öffnen der Brieftasche vorgewagt, und von Zeit zu Zeit stellte er fest, daß eine Tausendernote fehlte.

Nun gab er ihr aber genügend Haushaltungsgeld und versagte ihr niemals ein Kleid, Wäsche oder Schuhe.

Vielleicht hatte sie anfangs aus einer Manie heraus gehandelt, und er vermutete, sie habe gleicherweise Geld aus der Kasse ihrer Eltern genommen, solange sie bei ihnen wohnte. Nur mußte es damals schwieriger gewesen sein, denn Angèle hatte trotz ihres lustigen Matronengehabens ein Auge aufs Geld.

Gesprochen hatte er mit Gina nie darüber. Er hatte viel darüber nachgedacht und war zum Schluß gekommen, sie stehle auf diese Weise für ihren Bruder. Sie war fünf Jahre älter als er, und doch spürte man zwischen ihnen eine Zusammengehörigkeit wie sonst nur bei Zwillingen. Manchmal schien es sogar so, als sei Frédo in seine Schwester verliebt und als erwiderte sie sein Gefühl.

Ein Blickwechsel, wo auch immer, genügte zur Verständigung, und ein Stirnrunzeln Ginas verunsicherte ihren Bruder wie einen Liebhaber.

War das der Grund, warum er Jonas nicht mochte? An der Hochzeit hatte er als einziger ihn nicht beglückwünscht und war weggegangen, als das Festessen im schönsten Schwunge war. Gina war ihm nachgelaufen. Sie hatten lange im Korridor des Hôtel du Commerce, wo das Essen stattfand, miteinander getuschelt. Als sie zurückkam, noch im weißen Satinkleid, konnte man sehen, daß sie geweint hatte, und sie hatte sich sofort ein Glas Champagner eingeschenkt.

Zu jener Zeit war Frédo erst siebzehn Jahre alt. Ihre Hochzeit hatte zwei Wochen vor jener Clémence Ancels stattgefunden, welche Ehrenjungfer war.

Gefaßt schloß er das Schubfach auf, nahm die Brieftasche und stellte entgegen seiner Erwartung fest, daß nicht eine einzige Note fehlte.

Es war erklärlich. Er hatte es sich nicht gut genug

überlegt. Gina war am Vorabend erst nach dem Abendessen fortgegangen, und bis zum letzten Augenblick wäre es möglich gewesen, daß er die Kasse hätte öffnen müssen. Anders verhielt es sich mit den Briefmarken, verging doch oft eine Woche, ohne daß er an die Stahlkassette rührte.

Es gab Einzelheiten, die ihm unverständlich blieben; aber dabei handelte es sich um materielle Einzelheiten ohne große Bedeutung. Zum Beispiel trug er seine Schlüssel stets an einem Silberkettchen in der Hosentasche. Wann war es seiner Frau gelungen, sich ihrer zu bemächtigen, ohne daß er es merkte? Nicht während der Nacht, denn sein Schlaf war leichter als der ihre, und morgens stand er als erster auf. Manchmal freilich ging er, um sie nicht zu wecken, zum Kaffeemachen in Schlafanzug und Morgenrock hinunter. Am Vortag war das nicht geschehen, wohl aber am Tag davor, und seither hatte er die Kassette nicht berührt.

»Hätten Sie wohl ein Buch über Bienenzucht?«

Es war ein Junge von etwa zwölf Jahren, der soeben eingetreten war und mit fester Stimme sprach, das Gesicht mit Sommersprossen übersät, das kupferrote Haar leuchtend im Sonnenschein.

»Willst du Bienen züchten?«

»Ich habe auf einem Baum im Küchengarten einen Schwarm entdeckt, und meine Eltern erlauben mir, einen Stock zu bauen, vorausgesetzt ich tue es mit meinem eigenen Geld.«

Auch Jonas war rötlichblond, mit Sommersprossen an der Nasenwurzel. Aber im Alter dieses

Schlingels hatte er bereits ebenso dicke Brillengläser tragen müssen wie jetzt.

Er fragte sich mitunter, ob er mit seiner Kurzsichtigkeit die Dinge und Menschen gleich sehe wie die anderen. Diese Frage verfolgte ihn. Er hatte insbesondere gelesen, daß verschiedene Tierarten uns nicht so sehen, wie wir sind, sondern so, wie ihre Augen uns ihnen zeigen, daß wir manchen zehnfach vergrößert erscheinen, was sie bei einer Annäherung so schreckhaft macht.

Galt das nicht auch für Kurzsichtige, selbst dann, wenn ihr Sehvermögen durch Linsen mehr oder weniger korrigiert wurde? Ohne Brille war die Welt für ihn eine mehr oder weniger helle Wolke, worin so unbeständige Gestalten schwammen, daß er nicht sicher war, ob sie auch greifbar wären.

Seine Brillengläser wiederum enthüllten ihm die Einzelheiten der Gegenstände und Gesichter gestochen scharf oder so, als ob er sie mit der Lupe betrachte.

Ließ ihn das in einer Welt für sich leben? Errichteten diese Gläser, ohne welche er hilflos herumtappte, eine Schranke zwischen ihm und der Außenwelt?

In einem Gestell mit Tierbüchern fand er schließlich eines, das Bienen und Bienenstöcke behandelte.

»Ist das das Richtige?«

»Ist es teuer?«

Er sah hinten nach der Preisanschrift in Bleistift.

»Hundert Francs.«

»Überlassen Sie es mir, wenn ich die Hälfte erst nächste Woche bezahle?«

Jonas kannte ihn nicht. Er gehörte nicht zum Quartier. Es war ein Bub vom Land, dessen Mutter zweifellos Gemüse oder Hühner auf den Markt gebracht hatte.

»Nimm's nur.«

»Danke. Ich komme nächsten Donnerstag bestimmt.«

Die Kundschaft draußen, im Sonnenschein der Straße und im Schatten des überdeckten Marktes, hatte unmerklich gewechselt. Frühmorgens sah man vor allem Frauen aus dem Volk ihre Einkäufe tätigen, nachdem sie die Kinder zur Schule gebracht hatten. Das war auch die Stunde der Lieferwagen von Hotels und Restaurants.

Schon gegen neun, bestimmt gegen zehn Uhr, waren die Käuferinnen besser gekleidet, und um elf ließen sich manche von ihren Dienstmädchen begleiten und die Pakete tragen.

Die Holzwolle in der Gosse verlor unter den vielen Füßen ihre goldene Farbe, wurde braun und schmierig und vermischte sich allmählich mit welken Lauchblättern, Karottenkraut und Fischköpfen.

Gina hatte weder Kleider noch Wäsche zum Wechseln mitgenommen, ja nicht einmal einen Mantel, obwohl die Nächte noch kühl waren.

Anderseits, falls sie beabsichtigte, in der Stadt zu bleiben, hätte sie dann die Unverschämtheit besessen, ihm seine wertvollsten Briefmarken wegzunehmen?

Nach sieben Uhr abends gab es keine Busverbindung mehr nach Bourges, noch sonstwohin – lediglich um 8 Uhr 52 einen Zug, der den Anschluß nach Paris herstellte, und um 9 Uhr 40 den Omnibus nach Moulins.

Die Bahnhofsangestellten kannten sie, aber er wagte es nicht, sie auszufragen. Dazu war es zu spät. Zweimal schon hatte er von Bourges gesprochen, und daran mußte er nun festhalten.

Warum nur hatte er das getan? Er war sich darüber nicht im klaren. Es war nicht aus Furcht vor der Lächerlichkeit geschehen, denn jedermann, nicht bloß am Vieux-Marché, sondern in der ganzen Stadt, wußte, daß Gina vor ihrer Heirat zahlreiche Liebhaber gehabt hatte. Auch konnte nicht unbekannt geblieben sein, daß es während ihrer Ehe mehrere Seitensprünge gegeben hatte.

War es nicht Takt, was ihn getrieben hatte, zuerst Le Bouc und dann Palestri zu antworten:

»Sie ist nach Bourges gefahren.«

Ein Taktgefühl, das von seiner Schüchternheit herrührte? Was sich zwischen Gina und ihm abspielte, ging niemanden etwas an, und sich selbst hielt er für zu allerletzt befugt, davon zu sprechen.

Ohne das Verschwinden der Briefmarken hätte er den ganzen Tag, dann die ganze Nacht gewartet, immer in der Hoffnung, sie vom einen Augenblick auf den andern heimkehren zu sehen, wie eine entlaufene Hündin.

Das Schlafzimmer oben war noch nicht aufgeräumt, die Kassette noch nicht wieder geschlossen, und er stieg hinauf, um das Bett ebenso peinlich genau zu machen wie in seiner Junggesellenzeit, wenn die Haushälterin abwesend war.

Als Haushälterin war auch Gina ins Haus gekommen. Vor ihr hatte es eine andere gegeben: die alte Léonie, die mit siebzig Jahren noch ihre acht oder neun Stunden bei verschiedenen Kunden arbeitete. Schließlich bekam sie geschwollene Beine. In der letzten Zeit hatte sie kaum mehr Treppen steigen können; und da ihre Kinder, die in Paris lebten, keine Anstalten machten, sich ihrer anzunehmen, hatte Doktor Joublin dafür gesorgt, daß sie ins Altersheim kam.

Einen Monat war Jonas ohne Hilfe geblieben, und es hatte ihn nicht allzusehr gestört. Er kannte Gina wie alle andern auch: Er hatte sie vorbeigehen sehen, hatte ihr von Zeit zu Zeit ein Buch verkauft. Zu jener Zeit hatte sie sich ihm wie allen Männern gegenüber herausfordernd benommen, und sooft sie seinen Laden betrat, wurde er rot, vor allem sommers, denn sie schien ihm dann jedesmal ein bißchen Achselschweißgeruch zu hinterlassen.

»Sie haben noch immer niemanden?«, hatte ihn Le Bouc eines Vormittags gefragt, als er in der kleinen Bar seinen Kaffee trank.

Er hatte nie begriffen, warum Le Bouc und die andern am Markte Ansässigen ihn nicht duzten – duzten sie sich doch fast alle und redeten sich mit dem Vornamen an.

Man nannte ihn aber auch nicht Milk, als sei das gar nicht sein Name; auch nicht Monsieur Milk, sondern fast immer Monsieur Jonas.

Und doch hatte er schon im Alter von zwei Jahren hier am Platz gewohnt, gleich neben der Metzgerei

Ancel, und sein Vater hatte den Fischladen »A la Marée« umgebaut, der jetzt von den Chenus geführt wurde.

Auch damit hatte es nichts zu tun, daß er nicht, wie die meisten, die Gemeindeschule besucht hatte, sondern eine Privatschule, dann das Gymnasium. Beweis: Schon seinen Vater hatte man Monsieur Constantin genannt.

Fernand hatte ihn also gefragt:

»Sie haben noch immer niemanden?«

Er verneinte, und Le Bouc lehnte sich über den Schanktisch:

»Darüber sollten Sie mal mit Angèle zwei Worte verlieren.«

Das überraschte ihn so, daß er fragte, als könne es in dieser Sache zwei Angèles geben:

»Die Gemüsehändlerin?«

»Ja. Sie hat Ärger mit Gina. Sie wird mit ihr nicht fertig. Ich glaube, sie sähe Gina ganz gerne außer Haus arbeiten, damit sie jemand dressiert.«

Bis dahin hatte Gina ihrer Mutter mehr oder weniger im Laden geholfen und war bei jeder Gelegenheit ausgerissen.

»Wollen Sie nicht selber mit ihr reden?«, hatte Jonas vorgeschlagen.

Für ihn als Junggesellen schien es ihm unpassend, ja unanständig, eine Frau wie Angèle zu bitten, ihm ihre Tochter täglich zwei bis drei Stunden anzuvertrauen – obwohl er keinerlei Hintergedanken hatte.

»Ich werde es ihrem Vater gegenüber erwähnen.

Nein! Es ist besser, ich spreche mit Angèle. Ich gebe Ihnen morgen Bescheid.«

Die Antwort am folgenden Tag lautete zu seiner großen Verwunderung ja – oder doch beinahe ja, und er war darüber ein bißchen erschrocken. Genau genommen hatte Angèle geantwortet:

»Sag diesem Jonas, daß ich ihn aufsuchen werde.«

Und sie war gekommen, am Ende eines Nachmittags, zur flauen Stunde, hatte Wert darauf gelegt, das Haus zu besichtigen, und hatte über den Lohn verhandelt.

»Soll sie Ihnen nicht auch das Mittagessen kochen?«

Das veränderte seine Gewohnheiten, und er verzichtete nicht ohne Bedauern darauf, sich um halb ein Uhr in das kleine Restaurant Pépitos zu begeben, wo er seine Serviettentasche hatte und seine Flasche Mineralwasser.

»Verstehen Sie, wenn sie schon arbeitet, dann soll es die Mühe auch lohnen. Es wird Zeit, daß sie sich mit der Küche befaßt, und bei uns zu Hause ist mittags selten Zeit für mehr als Wurst und Käse.«

Ob Gina ihm anfangs nicht böse war, daß er sie in Dienst genommen hatte? Man hätte meinen können, sie tue alles, um sich unerträglich zu machen und vor die Tür gesetzt zu werden.

Nach einer Woche arbeitete sie bei ihm von neun Uhr morgens bis eins. Dann hatte Angèle entschieden:

»Es ist lächerlich, für eine einzige Person zu kochen. Für zwei wird's auch nicht teurer. Es ist gescheiter, sie ißt bei Ihnen und spült vor dem Weggehen das Geschirr.«

Von Stund an hatte sich sein Leben geändert. Er erfuhr nicht alles, denn er hörte nicht auf Tratsch; vielleicht redete man vor ihm auch nicht frei. Er begriff anfangs nicht, warum Gina stets bedrückt schien und warum sie sich plötzlich aggressiv zeigte, um wenig später bei der Haushaltarbeit zu weinen.

Es waren damals drei Monate her seit der Verhaftung Marcel Jenots, und Jonas las selten eine Zeitung. Bei Le Bouc hatte er davon reden hören, denn das Ereignis hatte Sensation gemacht. Marcel Jenot, Sohn einer Schneiderin, die für die meisten Frauen am Markt arbeitete, die Palestris inbegriffen, war Hilfskoch im Hôtel des Négociants, dem besten und teuersten der Stadt. Jonas mußte ihn schon gesehen haben, ohne auf ihn zu achten. Die Photographie in der Zeitung zeigte einen Jungen mit hoher Stirn und ernster Miene, aber mit einer Schürzung der Lippen, die etwas Beunruhigendes hatte.

Mit seinen einundzwanzig Jahren hatte er vor kurzem den Militärdienst in Indochina absolviert und wohnte aufs neue bei seiner Mutter, Rue des Belles-Feuilles, an der Straße hinter Pépitos Restaurant.

Wie die meisten jungen Leute seines Alters besaß er ein Motorrad. Eines Abends war auf der Straße von Saint-Amand eine große Pariser Limousine von einem Motorradfahrer aufgehalten worden, der um Hilfe zu bitten schien und dann, mit einer Maschinenpistole fuchtelnd, von den Insassen Geld forderte, wonach er, vor dem Wegfahren, die vier Reifen des Wagens durchlöchert hatte.

Die Kontrollnummer des Motorrads war zur Zeit des Überfalls schwarz verschmiert gewesen. Wie war die Polizei trotzdem auf Marcel gekommen? In den Zeitungen war das sicher erklärt worden, aber Jonas wußte darüber nichts.

Die Untersuchung war im Gange, als Gina in seine Dienste trat, und einen Monat später fand in Montluçon der Prozeß statt.

Le Bouc hatte den Buchhändler ins Bild gesetzt.

»Wie geht es Gina?«

»Sie tut, was sie kann.«

»Nicht zu aufgeregt?«

»Warum?«

»Nächste Woche wird das Urteil über Marcel gefällt.«

»Was für einen Marcel?«

»Den vom Hold-up. Er war ihr Liebhaber.«

Tatsächlich mußte sie einige Tage wegbleiben, und als sie den Dienst wieder aufnahm, brauchte sie lange, bis sie wieder den Mund auftat.

Seither waren fast drei Jahre verstrichen. Ein Jahr, nachdem sie als Haushälterin bei ihm eingetreten war, heiratete Jonas sie, selbst überrascht von dem, was ihm da widerfuhr. Er war achtunddreißig, sie zweiundzwanzig. Nie war es zu einer zweideutigen Geste gekommen, selbst dann nicht, wenn sie bei Sonnenschein unter ihrem Kleidchen fast nackt kam und ging und wenn er ihren Geruch einatmete.

Bei Le Bouc wurde es üblich, ihm mit einem Lächeln im Mundwinkel zuzurufen:

»Na? Und die Gina?«

Er pflegte arglos zu antworten:

»Es geht ihr gut.«

Manche nahmen sich heraus, ihm zuzuzwinkern, was er nicht zu sehen vorgab, und andere schienen ihn zu verdächtigen, er spiele mit verdeckten Karten.

Hätte er links und rechts etwas hingehört und einige Fragen gestellt, so wäre er mühelos zu den Namen aller Liebhaber gekommen, die Gina seit ihrem dreizehnten Jahr gehabt hatte – seit sie angefangen hatte, um die Männer herumzustreichen. Er hätte sich auch danach erkundigen können, was zwischen ihr und Marcel vorgefallen war. Schließlich blieb ihm ja nicht unbekannt, daß sie im Laufe der Untersuchung mehrmals von den Polizisten verhört wurde und daß der Richter Angèle vorlud.

Aber wozu auch? So etwas lag ihm nicht. Er hatte stets allein gelebt und sich nie vorgestellt, daran könne sich eines Tages etwas ändern. Gina pflegte seinen Haushalt weniger gut als die alte Léonie. Ihre Schürze – wenn sie sich überhaupt die Mühe nahm, eine anzuziehen – war selten sauber, und wenn es auch vorkam, daß sie bei der Arbeit sang, so gab es anderseits Tage, wo ihr Blick starr und ihr Mund mürrisch blieb.

Oft verschwand sie mitten am Vormittag unter dem Vorwand einer Besorgung nebenan und kam ohne Entschuldigung erst zwei Stunden später zurück.

Geschah es, weil Jonas ihre Gegenwart im Hause zu einem Bedürfnis geworden war? Hatte es, wie andere versicherten, eine Verschwörung gegeben, um seinen Entschluß herauszufordern?

Eines Nachmittags war Angèle bei ihm eingetreten, in dem Aufzug, den sie den ganzen Tag im Laden trug; denn sie kleidete sich eigentlich nur sonntags schöner an.

»Sagen Sie mal, Jonas!«

Sie gehörte zu den wenigen, die ihn nicht Monsieur Jonas nannten. Freilich duzte sie die meisten Leute aus ihrer Kundschaft.

»Finger von den Birnen, meine Schöne!«, schrie sie die Frau des Doktor Martroux an, eine der affektiertesten Personen der Stadt. »Wenn ich zu deinem Mann komme, spiele ich auch nicht mit seinen Instrumenten.«

An jenem Tag war sie selbstsicher auf die Küche zugesteuert und hatte sich dort auf einen Stuhl gesetzt.

»Ich bin gekommen, um Ihnen mitzuteilen, daß ich für meine Tochter eine andere Stelle gefunden habe.«

Ihr Blick, dem nichts entging, erstellte ein Inventar des Raumes.

»Leute aus Paris, die in der Stadt frisch eingezogen sind. Der Mann, ein Ingenieur, ist zum Vizedirektor der Fabrik ernannt worden, und sie suchen nun jemanden. Es ist eine gute Stelle, wo Gina Kost und Logis bekommt. Ich habe ihnen eine Antwort auf übermorgen versprochen. Überlegen Sie sich's.«

Er hatte vierundzwanzig Stunden der Panik durchlebt und hatte die Frage im Geiste um und um gewendet, nach all ihren Seiten. Als Junggeselle konnte er kein Dienstmädchen ins Haus nehmen. Überdies gab es nur ein einziges Schlafzimmer. Das wußte Angèle. Warum war sie also gekommen und hatte ihm eine Art Priorität eingeräumt?

Es wäre für ihn sehr schwierig gewesen, Gina den ganzen Tag bei sich zu behalten, denn sie hätte stundenlang nichts zu tun gehabt.

Hatte Angèle das alles bedacht?

Gina indessen schien nicht auf dem laufenden zu sein und benahm sich unverändert.

Alle Tage aßen sie miteinander zu Mittag; in der Küche saßen sie sich gegenüber, sie mit dem Rücken zum Herd, von dem sie, ohne daß sie aufzustehen brauchte, nach Bedarf die Pfannen nahm.

»Gina!«

»Ja?«

»Ich möchte Sie etwas fragen.«

»Was denn?«

»Versprechen Sie, mir freimütig zu antworten?«

Bei diesen Worten sah er sie noch deutlich und scharf; im nächsten Augenblick aber war sie für seine Augen ein bloßes Phantom, denn seine Gläser beschlugen sich plötzlich.

»Bin ich denn nicht immer freimütig?«

»Doch.«

»Für gewöhnlich wirft man mir vor, ich sei es zu sehr.«

»Ich nicht.«

»Was wollen Sie mich denn fragen?«

»Gefällt Ihnen das Haus?«

Sie blickte sich um – gleichgültig, wie ihm schien.

»Ich meine«, verdeutlichte er, »würden Sie gern ganz hier wohnen?«

»Warum fragen Sie das?«

»Weil ich froh wäre, wenn Sie ja sagten.«

»Ja sagen wozu?«

»Meine Frau zu werden.«

Falls es wirklich eine Verschwörung gab, war Gina nicht eingeweiht, denn sie stieß mit einem nervösen Lachen hervor:

»Sie machen wohl Spaß?«

»Im Ernst.«

»Sie würden mich heiraten?«

»Das ist mein Vorschlag.«

»*Mich?*«

»Sie.«

»Wissen Sie denn nicht, was ich für eine bin?«

»Ich glaube, ich kenne Sie so gut wie irgendwer.«

»Dann haben Sie Mut!«

»Was sagen Sie dazu?«

»Ich sage, es ist sehr nett von Ihnen; es geht aber nicht.«

Ein Sonnenfleck lag auf dem Tisch, und diesen Flecken faßte Jonas viel schärfer ins Auge als das Gesicht des Mädchens.

»Warum?«

»Darum.«

»Mögen Sie mich nicht?«

»Das habe ich nicht gesagt, Monsieur Jonas! Sie

sind bestimmt ein guter Mensch. Sie sind sogar der
einzige, der nie versucht hat, eine Gelegenheit auszu-
nützen. Denken Sie: Sogar Ancel, der doch der Vater
einer Freundin von mir ist, hat mich im Schuppen
hinten im Hof an sich gezogen, als ich noch keine
fünfzehn Jahre alt war. Ich könnte sie Ihnen fast
alle aufzählen, einen um den andern, und Sie würden staunen. Anfangs habe ich mich immer gefragt,
wann Sie es endlich wagen würden.«

»Glauben Sie nicht, Sie wären hier glücklich?«

Da gab sie ihre freimütigste Antwort:
»Jedenfalls hätte ich meine Ruhe.«
»Das ist immerhin etwas, nicht wahr?«
»Sicher. Nur: wenn's zwischen uns beiden nicht
klappt? Sprechen wir nicht mehr davon. Ich bin
nicht das Mädchen, das einen Mann wie Sie glück-
lich machen kann.«
»Auf mich kommt es nicht an.«
»Auf wen denn sonst?«
»Auf Sie.«

Er meinte es ehrlich. Zärtlichkeit überwältigte
ihn, während er so sprach, so daß er sich nicht zu
rühren wagte, aus Furcht, sein Gefühl könne ihn
hinreißen.

»Ich und glücklich«, brummte sie zwischen den
Zähnen.

»Sagen wir: ruhig – wie Sie vorhin meinten.«
Sie schoß ihm einen scharfen Blick zu.

»Hat meine Mutter mit Ihnen gesprochen? Ich
wußte, daß sie bei Ihnen war, aber . . .«

»Nein. Sie hat mir nur mitgeteilt, daß man Ihnen eine bessere Stelle angeboten habe.«

»Meine Mutter wäre mich schon immer gern los geworden.«

»Wollen Sie sich's nicht überlegen?«

»Wozu auch?«

»Warten Sie mindestens den morgigen Tag ab, ehe Sie mir eine endgültige Antwort geben, ja?«

»Wenn Sie Wert darauf legen.«

An jenem Tag hatte sie beim Geschirrspülen einen Teller zerbrochen und war – genau wie jetzt, zwei Jahre später – weggegangen, ohne die Pfanne zu säubern.

Gegen vier Uhr nachmittags war Jonas wie gewöhnlich seine Tasse Kaffee bei Le Bouc trinken gegangen, und Fernand hatte ihn gespannt beobachtet.

»Ist es wahr, was man sich erzählt?«

»Was erzählt man sich denn?«

»Daß Sie Gina heiraten?«

»Wer hat das gesagt?«

»Louis. Vorhin. Er hat sich deswegen mit Angèle gestritten.«

»Warum?«

Le Bouc tat verlegen.

»Sie sind nicht gleicher Meinung.«

»Er ist dagegen?«

»So ziemlich.«

»Warum?«

Bestimmt hatte Louis einen Grund angegeben, aber Le Bouc wiederholte ihn nicht.

»Man weiß nie so recht, was in seinem Kopf vorgeht«, sagte er ausweichend.

»Ist er wütend?«

»Er sprach davon, er wolle Ihnen den Hals umdrehen. Das wird ihn nicht hindern zu tun, was Angèle beschließt. Er mag zetermordio schreien – er hat in seinem Haus nichts zu sagen.«

»Und Gina?«

»Sie müssen besser wissen als ich, was sie Ihnen gesagt hat. Am unnachgiebigsten wird ihr Bruder sein.«

»Warum?«

»Ich weiß nicht. Ich rede ins Blaue hinein. Er ist ein seltsamer Bursche, er hat so seine eigenen Ideen.«

»Er mag mich nicht?«

»Vielleicht mag er außer seiner Schwester überhaupt niemanden. Nur sie kann ihn von Dummheiten abhalten. Vor einem Monat wollte er sich für Indochina melden.«

»Sie hat es nicht zugelassen?«

»Er ist noch ein Bub. Es ist ihm nirgends wohl. Kaum dort angelangt, hätte er sich noch unglücklicher gefühlt als hier.«

Ein Kunde betrat seinen Laden nebenan, und Jonas wandte sich zur Tür.

»Bis bald.«

»Viel Glück.«

Er hatte jene Nacht schlecht geschlafen. Um acht Uhr hatte Gina ihren Dienst angetreten, ohne ein Wort zu sagen, ohne ihn anzublicken, und er hatte eine lange Viertelstunde gewartet, ehe er Fragen stellte.

»Haben Sie sich die Antwort überlegt?«

»Legen Sie wirklich Wert darauf?«

»Ja.«

»Werden Sie mir später keine Vorwürfe machen?«

»Ich verspreche es.«

Sie hatte die Achseln gezuckt.

»In dem Fall soll es sein, wie Sie wünschen.«

Es kam so unerwartet, daß er bar jeglichen Gefühls war. Er schaute sie an, verdutzt, wagte nicht, sich ihr zu nähern, faßte sie nicht bei der Hand, geschweige denn, daß er sie küßte.

Aus Furcht vor einem Mißverständnis wiederholte er seine Frage:

»Sie sind damit einverstanden, mich zu heiraten?«

Sie war sechzehn Jahre jünger als er, und doch blickte sie auf ihn wie auf ein Kind, mit einem bemutternden Lächeln auf den Lippen.

»Ja.«

Um ihr seine Gefühle nicht zu zeigen, stieg er in die Kammer hinauf, blieb eine ganze Weile träumend vor einem Spiegel des Kleiderschrankes stehen und lehnte sich dann ans Fenster. Es war Mai. Ein Platzregen war soeben niedergegangen, aber die Sonne schien wieder und tupfte Glanzlichter auf die nassen Schieferplatten des großen Daches. Es war Markttag gewesen, wie heute, und er war Erdbeeren kaufen gegangen – die ersten des Jahres.

Eine große, korpulente Frau in Schwarz, eine blaue Schürze umgebunden, betrat selbstsicher den Laden und warf darin einen großen Schatten. Es war Angèle, deren Hände stets nach Lauch rochen.

»Stimmt das, was Louis mir da erzählt? Wozu ist sie nach Bourges gefahren?«

Er war kleiner als sie und viel weniger beleibt. Er stammelte:

»Ich weiß nicht.«

»Hat sie den Morgenbus genommen?«

»Ja.«

»Ohne bei mir vorbeizukommen?«

Auch sie blickte ihn mißtrauisch an.

»Habt ihr beide euch gestritten?«

»Nein.«

»Mensch, so red doch! Zum Donnerwetter, wo hapert's denn?«

»Nirgends.«

Seit dem Verlobungstag duzte sie ihn – wenigstens sie; aber Louis war ihrem Beispiel nie gefolgt.

»Nirgends! Nirgends!«, ahmte sie ihn nach. »Du solltest wenigstens imstande sein, deine Frau am Weglaufen zu hindern. Wann hat sie denn versprochen heimzukommen?«

»Davon hat sie mir nichts gesagt.«

»Das ist die Höhe!«

Sie schien ihn mit einem Blick, mit ihrer ganzen kraftvollen Körperfülle zermalmen zu wollen, und indem sie ihm unvermittelt den Rücken drehte, knurrte sie:

»Schlappschwanz!«

3

Der Tisch des Witwers

Zuerst hatte er vorgehabt, sich in der Wurstwarenhandlung Pascal, auf der andern Seite des Marktplatzes, am Anfang der Rue du Canal, eine Scheibe Schinken oder etwas Aufschnitt zu kaufen oder auch gar nicht zu essen oder sich mit den zwei Croissants zu begnügen, die man ihm am Morgen zuviel gegeben hatte. Er hätte sie nicht nehmen dürfen. Es vertrug sich schlecht mit der angeblichen Reise Ginas nach Bourges. Er hätte nur drei kaufen sollen.

Nicht um seiner selbst willen quälte er sich so, nicht weil er um sein Ansehen bangte oder weil er fürchtete, was die Leute über ihn sagen könnten. Es geschah ihretwegen. Mochte sie auch die Briefmarken mitgenommen haben, die außer ihr alles waren, woran er auf dieser Welt hing – er hielt es für seine Pflicht, sie zu verteidigen.

Noch wußte er nicht, wogegen. Vor allem seit dem Morgen war er einer vagen Unruhe ausgeliefert, die ihn beinahe hinderte, an seinen Schmerz zu denken. Mit der Zeit würde sich jede einzelne seiner Empfindungen zweifellos deutlicher abzeichnen, und er würde einen Standpunkt beziehen können. Vorläufig tat er betäubt das Nächstliegende, in der Überzeugung, mit seiner Handlungsweise Gina zu schützen.

Die paar wenigen Male, die sie die Loute besucht und einen ganzen Tag in Bourges verbracht hatte, war er nach der Gewohnheit seiner Junggesellenzeit bei Pépito essen gegangen. Das mußte er also auch heute tun; und als die Uhr um zwölf bei hellem Sonnenschein mit aller Macht und mit den Schwingungen einer Klosterglocke das Ende des Marktes ankündigte, da holte er seine Bücherkästen herein.

Schon rückte Meter um Meter rund um den Platz der Abfuhrwagen vor, während fünf Männer ihn mit allem volluden, was sie in der Gosse zusammenschaufelten. Viele der Marktfrauen, vor allem solche vom Lande, waren schon früher aufgebrochen, und einige verzehrten, ehe sie den Autobus bestiegen, bei Le Bouc oder in der Trianon-Bar den mitgebrachten Imbiß.

Es tat ihm weh, das Haus zu verlassen, ein bißchen so, als begehe er einen Verrat, und gegen alle offensichtliche Unwahrscheinlichkeit sagte er sich, Gina könnte vielleicht während seiner Abwesenheit zurückkommen.

Die Rue Haute fiel, ihrem Namen zum Trotz, ein wenig ab, war eng und bildete das Zentrum des belebtesten Quartiers. Die Läden waren hier vielfältiger als anderswo. Hier wurden amerikanischer Schund und billige Uhren verkauft, und es gab mindestens drei Trödler und Altkleiderhändler.

Nach der Errichtung der chemischen Fabrik, etwa einen Kilometer vom unteren Straßenende entfernt, war dieses zu einer Art Italienerviertel geworden, welches bei manchen »Klein-Italien« hieß. In dem Maße, in dem die Fabrik an Bedeutung gewann, waren auch von anderswo Arbeiter gekommen, zuerst Polen, welche sich etwas weiter oben niederließen, und schließlich, beinahe vor den Toren der Fabrik, einige Familien von Nordafrikanern.

Pépitos Restaurant mit seinen olivfarbenen Wänden und den gewaffelten Papiertischtüchern hatte trotz allem seinen friedlichen Charakter bewahrt, und mittags traf man immer dieselben Stammgäste, die hier, wie Jonas es so lange getan hatte, jahrein jahraus ihre Mahlzeiten einnahmen.

Maria, die Wirtsfrau, kochte, während ihr Mann an der Bar stand und ihre Nichte die Bedienung machte.

»Sieh da! Monsieur Jonas!«, rief der Italiener, sobald er ihn erkannte. »Was für eine schöne Überraschung, Sie zu sehen!«

Doch gleich darauf, besorgt, es könnte ihm ein Schnitzer unterlaufen sein, indem er sich so erfreut zeigte:

»Gina ist doch am Ende nicht krank?«

Und Jonas mußte seinen Kehrreim wiederholen:

»Sie ist nach Bourges gefahren.«

»Es ist nötig, von Zeit zu Zeit auf andere Gedanken zu kommen. Schauen Sie, Ihr alter Tisch ist sogar frei. Julia! Das Gedeck für Monsieur Jonas!«

Hier gab sich Jonas zweifellos am empfindlichsten Rechenschaft über die Leere, die in seinem Leben entstanden war. Jahrelang war Pépitos Restaurant, wo sich nichts verändert hatte, für ihn ein zweites Zuhause gewesen. Jetzt kam er sich hier fremd vor, und beim Gedanken, vielleicht täglich herkommen zu müssen, packte ihn Panik.

»Der Witwer« saß an seinem Platz, und es schien, als zögere er, Jonas zuzuzwinkern, was einst ihr gegenseitiger Gruß gewesen war.

Worte hatten sie nie gewechselt. Jahrelang hatten sie sich an zwei Tischen nahe dem Fenster gegenübergesessen und waren ungefähr zur selben Zeit eingetroffen.

Jonas wußte von Pépito seinen Namen. Es war Monsieur Métras, Bürovorsteher im Stadthaus; aber für ihn hieß er einfach »der Witwer«.

Madame Métras hatte er nie gesehen; sie war schon seit fünfzehn Jahren tot. Da es im Hause keine Kinder gab, hatte der Gatte, sich selbst überlassen, seither die Mahlzeiten bei Pépito eingenommen.

Er mußte fünfundfünfzig sein, vielleicht auch mehr. Er war groß, sehr breit, schwerfällig und zäh, mit stahlgrauem Haar, borstigen Brauen, und aus Nasenlöchern und Ohren sprossen schwärzere Haare. Auch sein Gesicht war grau, und Jonas hatte ihn nie lächeln sehen. Beim Essen las er nicht, wie die meisten Einzelgänger, die Zeitung, knüpfte mit keinem ein Gespräch an und kaute sorgfältig, immer geradeaus blickend.

Monate waren vergangen, ehe sie sich zugeblinzelt hatten, und Jonas war der einzige, dem der Witwer je ein solches Entgegenkommen gezeigt hatte.

Unter dem Tisch saß ein winziges, asthmatisches Hündchen, fett und beinahe unfähig zu einer Bewegung; es konnte nicht weit unter zwanzig Jahre alt sein, hatte es doch einst Madame Métras gehört.

Der Witwer holte es nach Büroschluß in seiner Wohnung ab und führte es ins Restaurant, wo man ihm sein Futter zurechtmachte. Dann brachte er es langsam nach Hause, indem er öfters stehenblieb, damit das Tier seine Notdurft verrichten konnte, bevor er ins Stadthaus zurückkehrte. Das gleiche spielte sich abends ab.

Warum betrachtete ihn der Witwer während des Essens heute aufmerksamer als früher? Es war doch nicht möglich, daß er es schon wußte.

Und doch hätte man schwören mögen, daß er sich ein Grinsen verkniff und dabei dachte:

»Soso, da bist du ja wieder!«

Ein bißchen, als ob sie beide Mitglieder derselben Bruderschaft wären, als sei Jonas eine Zeitlang abtrünnig geworden und nun endlich, reumütig, in ihren Schoß zurückgekehrt.

All das bestand lediglich in seiner Einbildung; nicht bloße Einbildung war aber sein Entsetzen bei der Vorstellung, dem Bürovorsteher erneut Tag für Tag gegenüberzusitzen.

»Was nehmen Sie zum Nachtisch, Monsieur Jonas? Es hat Windbeutel und Apfelkuchen.«

Die Nachspeisen hatte er immer gern gegessen, besonders den Apfelkuchen, den er jetzt wählte, wobei er sich gleichzeitig Vorwürfe machte, daß er in einem solchen Augenblick der Leckerei frönte.

»Was gibt's bei Ihnen Neues, Monsieur Jonas?«

Pépito war so lang wie Palestri, dürr und zäh; aber anders als sein Landsmann zeigte er sich stets liebenswürdig und heiter. Man hätte meinen können, die Führung des Restaurants sei für ihn ein Spiel, so viel gute Laune setzte er ein. Maria, seine Frau, gezwungen, in einer Küche von sechs Metern im Quadrat zu leben, hatte einen ungeheuren Leibesumfang entwickelt, was sie nicht hinderte, jung und appetitlich zu bleiben. Auch sie war stets lustig und brach bei jeder Kleinigkeit in helles Lachen aus.

Da ihnen eigene Kinder versagt blieben, hatten sie einen Neffen adoptiert, den sie aus ihrer Heimat hatten kommen lassen und den man abends an einem Tisch des Restaurants seine Schulaufgaben machen sah.

»Wie geht's ihr denn, der Gina?«

»Es geht ihr gut.«

»Neulich hat meine Frau sie auf dem Markt angetroffen, und ich weiß nicht warum, aber sie hatte den Eindruck, sie erwarte ein Kind. Ist das wahr?«

Er sagte nein, fast verlegen, denn er war überzeugt, es sei seine Schuld, wenn Gina nicht schwanger ging. Was Maria getäuscht hatte, war dem Umstand zuzuschreiben, daß Gina in letzter Zeit mehr als gewöhnlich gegessen hatte – mit einer Art von Raserei – und daß sie, die ohnehin schon üppige, so dick geworden war, daß sie ihre Kleider auslassen mußte.

Anfänglich hatte er sich über ihren Appetit gefreut, denn zu Beginn ihrer Ehe aß sie fast nichts.

Er redete ihr sogar zu, weil er darin ein Zeichen der Zufriedenheit erblickte und sich vorstellte, sie gewöhne sich allmählich an ihr gemeinsames Leben und werde sich vielleicht endlich glücklich fühlen.

Er hatte ihr das auch gesagt, und sie hatte ein schwaches Lächeln dafür gehabt, ein bißchen bemutternd, wie sie es ihm gegenüber immer häufiger zeigte. Sie hatte zwar nicht den autoritären Charakter ihrer Mutter – ganz im Gegenteil. Mit dem Geschäft, dem Geld, den Entscheidungen, die es im Haushalt zu fällen galt, beschäftigte sie sich überhaupt nicht.

Dennoch und trotz des Altersunterschieds setzte sie Jonas gegenüber manchmal eine Miene der Nachsicht auf.

Er war ihr Gatte, und so behandelte sie ihn auch. Aber vielleicht war er in ihren Augen nicht ganz ein Mann, ein richtiger Mann, und sie schien ihn für ein zurückgebliebenes Kind zu halten.

War es falsch von ihm gewesen, ihr gegenüber nicht strenger zu sein? Hätte sie einer straffen Führung bedurft? Hätte das etwas geändert?

Er hatte keine Lust, darüber nachzudenken. Der Witwer vor ihm hypnotisierte ihn, und er aß seinen Apfelkuchen rascher auf, als er eigentlich wollte, nur um diesem Blick zu entkommen.

»Schon jetzt?«, wunderte sich Pépito, als er die Rechnung verlangte. »Trinken Sie heute keinen Kaffee?«

Er würde ihn bei Le Bouc trinken, mit dem Hintergedanken, dort vielleicht Neues zu erfahren.

Früher pflegte er ebenso langsam wie Monsieur Métras zu speisen – wie die meisten Alleingänger, die im Restaurant zu Mittag aßen und die danach mit dem Wirt ein Schwätzchen hielten.

»Julia! Die Rechnung für Monsieur Jonas!«

Und an diesen gewandt:

»Sieht man Sie heute abend?«

»Vielleicht.«

»Sie ist nicht für lange verreist?«

»Ich weiß es noch nicht.«

Da fing es wieder an. Er verstrickte sich, wußte nicht mehr, wie die Fragen beantworten, die man ihm stellte, und gab sich Rechenschaft, daß es am nächsten Tage schlimmer und an den folgenden Tagen nur immer noch schlimmer werden würde.

Was zum Beispiel, wenn die Loute ihre Eltern besuchte und sich herausstellte, daß Gina gar nicht nach Bourges gefahren war? Es war zwar nicht wahrscheinlich, aber er rechnete mit allem. Die Person, die alle Welt die Loute nannte, hieß in Wirklichkeit Louise Hariel, und ihre Eltern besaßen die Samenhandlung am Markt, die Jonas genau gegenüber lag, hinter dem großen Dach.

Er hatte sie, genau wie Gina, zwischen den Ständen herumlaufen sehen, als sie noch keine zehn Jahre zählte. Zu jener Zeit sah sie mit ihrem runden Gesicht, ihren blauen Augen mit den langen Wimpern und mit ihren Haarlocken wie eine Puppe aus. Das schien recht merkwürdig, war ihr Vater doch ein magerer und farbloser kleiner Mann und machte ihre Mutter den Eindruck einer dürren alten Jungfer in der trübseligen Ausstattung eines Samenladens, der nach Norden blickte und in den nie ein Sonnenstrahl drang.

Die beiden Hariels, Mann und Frau, trugen den gleichen grauen Kittel, und vom langen Zusammenleben, ein jeder hinter seinem Ladentisch, wo sie die gleichen stereotypen Bewegungen machten, glichen sie sich nachgerade.

Die Loute war das einzige Mädchen am Platz gewesen, das im Kloster erzogen wurde, von wo sie erst im Alter von siebzehn Jahren heimkam. Auch war sie am besten und auf eine sehr damenhafte Weise gekleidet. Sonntags, wenn sie sich mit ihren Eltern zum Hochamt begab, drehte sich jedermann nach ihr um, und die Mütter ermahnten ihre Töchter, sich an ihrer Haltung ein Beispiel zu nehmen.

Etwa zwei Jahre hatte sie als Sekretärin bei der Druckerei Privas gearbeitet, einer Firma, die seit drei Generationen bestand; dann hatte man plötzlich erfahren, sie habe in Bourges eine bessere Stelle gefunden.

Die Eltern sprachen nicht darüber. Sie waren die mürrischsten Geschäftsleute am Vieux-Marché und viele Kunden zogen es vor, für ihre Einkäufe den Umweg bis zur Rue de la Gare zu machen.

Die Loute und Gina waren gute Freundinnen. Zusammen mit Clémence, der Metzgerstochter, hatten sie lange ein unzertrennliches Trio gebildet.

Zuerst hieß es, die Loute arbeite in Bourges bei einem Architekten, dann bei einem unverheirateten Arzt, mit dem sie in wilder Ehe lebe.

Einige hatten sie dort angetroffen, und man sprach von ihren Toiletten, von ihrem Pelzmantel. Nach neuesten Meldungen besaß sie einen 4 CV, der eines Abends vor der Haustür ihrer Eltern gehalten hatte.

Aber die Nacht hatte die Loute nicht bei ihnen verbracht. Die Nachbarn wollten laute Auseinandersetzungen gehört haben, was seltsam war, denn die Hariels taten kaum den Mund auf, und einer hatte sie sogar »die beiden Fische« genannt.

Zu Jonas hatte Gina nach einem ihrer Abstecher nach Bourges lediglich bemerkt:

»Sie führt ihr Leben, wie sie's kann, und leicht hat's keiner.«

Nach kurzer Überlegung hatte sie angefügt:

»Sie ist eine Arme. Sie ist nur zu gut.«

Wieso »zu gut«? Jonas hatte sie nicht danach gefragt. Für ihn war es klar, daß ihn das nichts anging, daß das Frauensachen waren – Mädchensachen: daß Freundinnen wie Clémence, die Loute und Gina, sooft sie sich trafen, wieder zu Backfischen wurden und ein Recht auf ihre Geheimnisse hatten.

Ein andermal hatte Gina gesagt:

»Es gibt Menschen, für die ist alles einfach!«

Spielte sie dabei auf Clémence an, die einen jungen Mann hatte, einen hübschen Kerl, und deren Hochzeit die schönste des Vieux-Marché gewesen war?

Er selbst war weder jung noch hübsch, und alles, was er ihr hatte bieten können, war Sicherheit. Und war es denn Sicherheit – war es *Ruhe*, wie er am ersten Tag gesagt hatte, was sich Gina wünschte?

Wo war sie in diesem Augenblick, mit den Briefmarken, die sie vermeinte, mühelos verkaufen zu können? Geld konnte sie kaum bei sich haben, selbst wenn sie, ohne daß Jonas es wußte, für diesen Anlaß welches auf die Seite gelegt hatte. Auch ihr Bruder konnte ihr keines geben, denn sie war es ja, die ihm von Zeit zu Zeit etwas zusteckte.

Weil die Preise im Katalog standen, hatte sie sich gesagt, sie brauche sich nur zu irgendeinem Händler in Paris oder anderswo zu begeben, um die Briefmarken zu verkaufen. Auf einige darunter traf das zu, nämlich auf jene von nur verhältnismäßiger Seltenheit; anders stand es mit Kostbarkeiten wie der Ceres von 1849.

Die Briefmarkenhändler der ganzen Welt bilden, wie die Diamantenhändler, eine Art Bruderschaft und kennen einander mehr oder weniger. Sie wissen meistens, in welchen Händen sich diese oder jene seltene Marke befindet, und lauern auf die Gelegenheit, sie für ihre Kunden zu erwerben.

Von dem Posten, den sie mitgenommen hatte, waren mindestens fünf Briefmarken auf diese Weise bekannt. Bot sie diese irgendeinem seriösen Hause zum Kauf an, so bestand gute Aussicht, daß der Händler sie unter einem Vorwand hinhalten und der Polizei telefonieren würde.

Gefängnis riskierte sie nicht, da sie ja seine Frau war und das Recht unter Eheleuten keinen Diebstahl kennt. Immerhin würde man eine Untersuchung einleiten und mit ihm Kontakt aufnehmen.

Würde ihr Seitensprung auf diese Weise enden – also dank ihrer Unkenntnis?

Er war nicht sicher, ob er sich das wünschte. Er wünschte es sich nicht. Es tat ihm weh, wenn er sich Ginas Scham vorstellte, ihre Verwirrung, ihre Wut.

Wäre es aber nicht noch schlimmer, wenn sie einen Dritten mit dem Verkauf betraute? Zur Stunde war sie bestimmt nicht allein: Darüber gab er sich keiner Täuschung hin. Und dieses Mal handelte es sich nicht um ein junges Mannsbild aus der Stadt, dem für eine Nacht oder für zwei Tage zu folgen, sie sich nicht hatte versagen können.

Sie war mit voller Überlegung gegangen und hatte ihr Weggehen mindestens vierundzwanzig Stunden im voraus geplant und organisiert. Anders gesagt: Vierundzwanzig Stunden hatte er mit ihr gelebt, ohne sich Rechenschaft darüber zu geben, daß es ohne Zweifel der letzte Tag war, den sie miteinander verbrachten.

Er ging jetzt langsamen Schrittes über die Straße; die Leere unter dem Schieferdach schien unermeßlich, nur wenigen Männern ausgeliefert, die den Zementboden mit dem Schlauch abspritzten und mit Besen fegten. Die meisten Läden waren bis zwei Uhr geschlossen.

Er scheute vor dem Augenblick zurück, in dem er bei Le Bouc eintreten mußte, um seinen Kaffee zu trinken, denn er hatte keine Lust, mit irgendwem zu sprechen, und schon gar nicht, auf neue Fragen zu antworten. Er spürte keinen Haß, keine Rachegefühle. Was ihm das Herz schwer machte, war eine traurige Zärtlichkeit, unruhig und doch fast gelassen, und über eine Minute blieb er stehen, um zwei jungen Hunden zuzuschauen, die in der Sonne spielerisch nacheinander schnappten und von denen der eine auf dem Rücken lag und mit den Pfoten die Luft schlug.

Er erinnerte sich an den Heringsgeruch in der Küche, an die Pfanne, die Gina in ihrer Hast nicht gereinigt hatte und an der noch Fischreste klebten. Er versuchte sich daran zu erinnern, was sie einander im Verlauf jener letzten Mahlzeit gesagt haben mochten; es gelang ihm nicht. Dann bemühte er sich, in seinem Gedächtnis winzige Einzelheiten des Vortags wiederzufinden, den er wie einen gewöhnlichen Tag verlebt hatte, ohne zu ahnen, daß er der wichtigste seines Lebens war.

Ein Bild tauchte immer wieder in ihm auf: Er stand hinter seinem Ladentisch, um einen alten Herrn zu bedienen, der nicht recht wußte, was er wollte, als Gina, die kurz zuvor hinaufgegangen war, um sich schön zu machen, in ihrem roten Kleid herunterkam. Es war ein letztjähriges Kleid, worin er sie in dieser Saison zum ersten Male wiedersah und das ihr, weil Gina dicker geworden war, mehr denn je am Leibe klebte.

Sie war bis zur Schwelle gegangen und dabei in das besonnte Rechteck getreten – er erinnerte sich nicht, sie je so schön gesehen zu haben.

Er hatte es ihr nicht gesagt, denn sooft er ihr ein Kompliment machte, zuckte sie gereizt die Achseln, und manchmal verdüsterte sich gar ihre Miene.

Einmal hatte sie fast trocken hingeworfen:

»Laß das! Ich bin bald genug eine alte Frau!«

Er glaubte zu verstehen. Er hatte keine Lust, es zu zergliedern. Wollte sie damit nicht sagen, sie verpasse ihre Jugend in diesem alten Haus, das nach modrigem Papier roch? War es nicht eine ironische Weise, ihn zu beruhigen, ihn wissen zu lassen, bald seien sie gleich weit und dann brauche er keine Angst mehr zu haben?

»Ich gehe Mama guten Tag sagen«, hatte sie ihm gesagt.

Gewöhnlich waren die Besuche im Laden ihrer Mutter um diese Zeit von kurzer Dauer, denn Angèle, von Kunden bedrängt, hatte keine Zeit zu vertrödeln. Nun war Gina aber eine ganze Stunde weggeblieben. Bei der Rückkehr kam sie nicht von rechts, sondern von links, also von der dem Hause ihrer Eltern entgegengesetzten Seite, und doch trug sie keine Pakete.

Nie bekam sie Briefe – das fiel ihm jetzt plötzlich auf. Auch abgesehen von der Loute hatte sie mehrere verheiratete Kameradinnen, die nicht mehr in der Stadt wohnten. Hätte sie da nicht von Zeit zu Zeit Post erhalten müssen, und sei es auch nur eine Karte?

Das Postbüro befand sich in der Rue Haute, fünf Minuten von Pépito entfernt. Ließ sie sich ihre Briefe postlagernd dorthin kommen? Oder war sie zum öffentlichen Fernsprecher telefonieren gegangen?

In den zwei Jahren ihrer Ehe hatte sie nie von Marcel gesprochen, der zu fünf Jahren Gefängnis verurteilt worden war. Ihre Seitensprünge mußte sie also notwendigerweise mit andern gemacht haben, was Jonas vermuten ließ, daß sie den Jenot vergessen habe.

Seit wenigstens sechs Monaten war sie abends nicht mehr allein ausgegangen, außer um für Clémence das Kind zu hüten, und jedesmal war sie pünktlich heimgekommen. Übrigens hätte er es gemerkt, wenn sie einen Mann besucht hätte, denn sie war nicht die Frau, bei der die Liebe keine Spuren hinterließ. Er kannte ihr Gesicht, wenn sie auf Männerjagd gegangen war, ihre abgespannte, verschlossene Miene; auch der Geruch ihres Körpers war nicht der gleiche.

Madame Hariel, die Samenhändlerin, bei eingeschnappter Falle hinter ihrer Ladentüre stehend, das fahle Gesicht an die Scheibe geklebt, sah ihm zu, wie er auf dem Bürgersteig hin und her schritt wie einer, der nicht wußte wohin; und er entschied sich schließlich für die Bar Le Boucs. Dieser saß noch im Hintergrund des Raumes mit seiner Frau zu Tisch, und die beiden aßen gerade den Rest einer Blutwurst mit Kartoffelbrei.

»Lassen Sie sich nicht stören«, sagte er. »Ich habe Zeit.«

Es herrschte Flaute. Fernand hatte vor dem Essen das schmutzige Sägemehl zusammengekehrt, und die roten Fliesen glänzten; das Haus roch geradezu nach Sauberkeit.

»Sie haben bei Pépito zu Mittag gegessen?«

Er nickte bejahend. Le Bouc hatte ein knochiges Gesicht und trug eine blaue Schürze. Außer sonntags und zwei- oder dreimal im Kino hatte Jonas ihn nie eine Jacke tragen sehen.

Während er sich der Kaffeemaschine zuwandte, sagte er mit vollem Mund:

»Louis hat mich vorhin gefragt, ob ich Gina gesehen hätte, und ich habe ihm gesagt nein. Er hatte wieder seinen Brummschädel. Es ist ein Jammer, daß ein braver Kerl wie er das Trinken nicht lassen kann.«

Jonas packte seine beiden Zuckerstückchen aus, die er in der Hand behielt, während er auf seine Tasse Kaffee wartete. Er liebte den Geruch von Le Boucs Bar, auch wenn sie mit Alkohol geschwängert war, so wie er den Geruch von alten Büchern liebte, der bei ihm zu Hause herrschte. Auch den Geruch des Marktes mochte er, vor allem zur Zeit, da es Obst gab; und es kam vor, daß er zwischen den Ständen spazieren ging, um ihn einzuatmen, ohne indessen seinen Laden aus dem Auge zu lassen.

Vorhin, als er von Louis sprach, hatte Le Bouc den Ausdruck »ein braver Kerl« verwendet. Und Jonas wurde es zum erstenmal bewußt, daß er diesen Ausdruck oft gebrauchte. Auch Ancel war »ein braver Kerl«, und Benaiche, der Polizist, dem die Grossisten allmorgendlich eine Lattenkiste mit Lebensmitteln füllten, die seine Frau dann gegen neun Uhr abholte.

Auch Angèle war trotz ihrer männlichen Züge »eine brave Frau«.

Alle Leute rund um den Markt – vielleicht mit Ausnahme der Hariels, die sich einschlossen, wie um Gott weiß was für einer Ansteckung zu entgehen – begrüßten sich morgens gutgelaunt und herzlich. Alle arbeiteten hart und achteten die Arbeit der andern.

Von Marcel hatte man, als die Sache mit dem Hold-up an den Tag kam, mitleidig gesagt:

»Wie merkwürdig, so ein netter Kerl...«

Und man hatte beigefügt:

»Das hat Indochina aus ihm gemacht. Das ist kein Ort für Kinder.«

Auch wenn von der Loute und ihrem mysteriösen Leben in Bourges die Rede war, nahm man ihr nichts übel.

»Die Mädchen von heute sind auch nicht mehr, was sie waren. Die Erziehung hat sich geändert.«

Was Gina betraf, so blieb sie eine der beliebtesten Erscheinungen auf dem Markt, und wenn sie mit rollenden Hüften vorbeikam, ein Lächeln auf den Lippen und mit blitzenden Zähnen, dann hellten sich die Gesichter auf. Alle waren über ihre Abenteuer auf dem laufenden. Eines Abends – sie war kaum siebzehn – hatte man sie mit einem Chauffeur auf den Kisten eines Lastwagens liegen sehen.

»Salü, Gina!«, rief man ihr zu.

Und ohne Zweifel beneidete man jeden, der das Glück gehabt hatte, mit ihr zu schlafen. Viele hatten es versucht. Manchen war es geglückt. Niemand rechnete es ihr übel an, daß sie war, was sie war. Viel eher war man ihr dafür dankbar, denn ohne sie wäre die Place du Vieux-Marché nicht mehr ganz die gleiche gewesen.

»Stimmt es, daß sie den Morgen-Bus genommen hat?« fragte Le Bouc und setzte sich wieder an seinen Tisch.

Da Jonas nicht antwortete, nahm er an, dessen Schweigen bedeute ja, und er fuhr fort:

»Dann muß sie die Reise mit meiner Nichte gemacht haben, mit der Tochter Gastons; die hat einen neuen Spezialisten aufgesucht.«

Jonas kannte sie. Sie war ein Mädchen mit einem blassen, hübschen Gesicht und einer mißgebildeten Hüfte, das beim Gehen die rechte Körperhälfte nach vorne werfen mußte. Sie war siebzehn Jahre alt.

Seit ihrem zwölften Lebensjahr war sie in den Händen von Ärzten, die sie verschiedenen Behandlungen unterworfen hatten. Zwei- oder dreimal war sie ohne merklichen Erfolg operiert worden, und vor ihrem fünfzehnten Geburtstag hatte sie ein volles Jahr im Gips gelegen.

Dabei war sie sanft und heiter geblieben, und ihre Mutter kam mehrmals die Woche Bücher für sie umtauschen: sentimentale Romane, die sie sorgfältig wählte, aus Angst, eine der Personen darin könnte ähnlich invalid sein wie ihre Tochter.

»Ist ihre Mutter mitgefahren?«

»Nein. Sie ist allein gefahren. Gina hat ihr bestimmt Gesellschaft geleistet.«

»Kommt sie heute abend wieder nach Hause?«

»Mit dem Fünf-Uhr-Bus.«

Dann würde man es also wissen, daß Gina nicht nach Bourges gefahren war. Was sollte er Louis sagen, wenn dieser käme und Rechenschaft forderte?

Denn Rechenschaft würden die Palestris von ihm fordern. Sie hatten ihm ihre Tochter anvertraut, und ihn hielten sie seither für verantwortlich.

Außerstande, sie zu überwachen, in der Angst vor einem Skandal, der jeden Augenblick platzen konnte, hatte Angèle sie ihm in die Arme gelegt. Darum war es ihr eigentlich gegangen, als sie gekommen war und ihm von einer Stelle für ihre Tochter beim Vizedirektor der Fabrik gesprochen hatte. Vielleicht war die Geschichte sogar wahr, aber sicher hatte sie sich ihrer bedient.

Selbst jetzt war er ihr dafür dankbar; denn vor Gina war sein Leben fade gewesen – ein bißchen so, als lebte er nicht.

Die Frage, die ihn nicht losließ, war die: Was hatte sich damals bei den Palestris abgespielt? Ohne Zweifel hatte es Auseinandersetzungen gegeben. Über die Einstellung Frédos war kein Zweifel möglich; er mußte seine Eltern angeschrien haben, sie stießen seine Schwester einem Greis in die Arme.

Aber Louis? Wäre es auch ihm lieber gewesen, seine Tochter hätte sich herumgetrieben, statt Jonas zu heiraten?

»Wir sollen, scheint's, einen heißen Sommer kriegen. So steht's mindestens im Kalender. Für nächste Woche prophezeit er Gewitter.«

Er rieb seine Brillengläser trocken, die der Kaffeedampf getrübt hatte, und verharrte einen Augenblick wie der Uhu in der Sonne, mit zwinkernden rosaroten Lidern. Es kam selten vor, daß er seine Brille in der Öffentlichkeit absetzte – er wußte eigentlich nicht warum, denn er selbst hatte sich nie so gesehen. Es verursachte ihm ein Minderwertigkeitsgefühl, so wie wenn man träumt, man befinde sich ganz nackt oder im bloßen Hemd in einer Menschenmenge.

Gina sah ihn täglich so, und vielleicht behandelte sie ihn darum anders als alle andern. Seine dicken Gläser ohne Metall- oder Hornrand taten ihre Wirkung nach beiden Richtungen: Wenn sie ihn die feinsten Einzelheiten der Außenwelt erkennen ließen, so vergrößerten sie für die andern seine Augäpfel und gaben ihnen eine Starre, eine Härte, die sie in Wirklichkeit gar nicht hatten.

Als er einmal unter seiner Ladentüre stand, hatte er einen kleinen Buben im Vorbeigehen zu seiner Mutter sagen hören:

»Was für große Augen der Mann da hat!«

Seine Augen waren aber gar nicht groß. Nur die Gläser ließen sie so kugelig scheinen.

»Auf Wiedersehen!«, seufzte er, nachdem er sein Geld abgezählt und auf den Schanktisch gelegt hatte.

»Auf Wiedersehen. Schönen Nachmittag!«

Gegen fünf Uhr würde Le Bouc seine Bar schließen, denn nachmittags kamen nur wenige Kunden. Daß er sie doch offen hielt, geschah vor allem den Nachbarn zuliebe. An den Vorabenden von Markttagen ging er schon um acht Uhr zu Bett, um dann um drei Uhr morgens auf den Beinen zu sein.

Morgen, Freitag, war kein Markt. Jeden zweiten Tag, um genau zu sein: an vier Tagen von sieben, blieb das Rechteck unter dem Schieferdach verlassen und diente dann den Autos zum Parkieren und den Kindern zum Spiel.

Während zwei oder drei Wochen jagten diese auf Rollschuhen herum, die einen Lärm machten, der einen zum Wahnsinn treiben konnte; dann wechselten sie das Spiel wie auf Verabredung und gingen zu Murmeln über, zu Kreiseln oder zum Jojo. Die Spiele folgten einem Rhythmus wie die Jahreszeiten – viel geheimnisvoller als die Jahreszeiten, denn es war unmöglich zu erraten, was ihn bestimmte, und den Inhaber der Kaufhalle an der Rue Haute traf es jedesmal unvorbereitet.

»Geben Sie mir einen Papierdrachen, bitte.«

In zwei Tagen verkaufte er zehn, zwanzig Stück, bestellte weitere – und verkaufte davon während des ganzen übrigen Jahres kein einziges mehr.

Als Jonas nach den Schlüsseln in seiner Tasche griff, erinnerten sie ihn an die Stahlkassette und an Ginas Abgang. Er fand den Geruch im Hause unverändert; aber die Atmosphäre war jetzt, wo die Fassade nicht mehr von der Sonne getroffen wurde, grau. Er stellte die beiden Bücherkästen, welche auf Rollen liefen, draußen auf; dann blieb er mitten im Laden stehen und wußte nicht, wohin mit seinen Armen.

Dabei hatte er jahrelang so gelebt – allein – und hatte nicht darunter gelitten; hatte nicht einmal empfunden, daß ihm etwas fehlte.

Was hatte er denn früher um diese Zeit getan? Manchmal hatte er hinter dem Ladentisch gelesen – nicht nur Romane, sondern auch Werke über die verschiedensten Themen, auch die ausgefallensten, von der Volkswirtschaft bis zu Berichten über archäologische Grabungen. Alles interessierte ihn. Er pickte, beispielsweise, zufällig ein Buch über Mechanik heraus, in der Meinung, nur zwei Seiten überfliegen zu wollen, und las es von Anfang bis Ende. So hatte er die *Histoire du Consulat et de l'Empire* von der ersten bis zur letzten Zeile gelesen, wie auch einundzwanzig Einzelbände der *Gazette des Tribunaux* aus dem letzten Jahrhundert, ehe er sie einem Rechtsanwalt verkaufte.

Besonders liebte er geographische Werke, und zwar solche, die eine bestimmte Region von der geologischen Formation bis zur wirtschaftlichen und kulturellen Entfaltung darstellten.

Seine Briefmarken bildeten gewissermaßen Orientierungspunkte. Namen von Ländern, Herrschern und Diktatoren riefen in ihm nicht bunte Landkarten oder Photographien wach, sondern eine zarte Bildzeichnung hinter durchsichtigem Papier.

Auf diese Weise – mehr noch als durch Lektüre – kannte er auch jenes Rußland, wo er vor vierzig Jahren zur Welt gekommen war.

Damals lebten seine Eltern in Archangelsk, ganz oben auf der Landkarte, am Weißen Meer, und vor ihm waren dort noch fünf Schwestern und ein Bruder geboren worden.

Von seiner ganzen Familie war er der einzige, der Rußland nicht kannte, da er es als Einjähriger verlassen hatte. Und war das nicht der Grund gewesen, weswegen er am Gymnasium begonnen hatte,

Briefmarken zu sammeln? Er mußte etwa dreizehn gewesen sein, als einer seiner Kameraden ihm sein Album zeigte.

»Schau«, hatte er ihm bedeutet: »Das ist eine Ansicht von deinem Land.«

Es war – er erinnerte sich um so deutlicher, als er diese Briefmarke unter vielen anderen russischen Marken jetzt selber besaß – es war ein Motiv von 1905, blau und rosa, das den Kreml darstellte.

»Ich habe noch andere, weißt du; aber da sind Köpfe drauf.«

Die 1913 zur Dreihundertjahr-Feier der Romanows herausgegebene Serie stellte Peter I., Alexander II., Alexis Michaelowitsch und Paul I. dar.

Später hatte er dann selbst eine vollständige Sammlung zusammengebracht, einschließlich des Winterpalais und des Holzpalastes der Bojarenfamilie Romanow.

Seine älteste Schwester, Aljoscha, bei seiner Geburt sechzehnjährig, wäre also jetzt – falls sie noch lebte – sechsundfünfzig, Nastassja vierundfünfzig und Daniel, sein einziger Bruder, in zartem Alter gestorben, wäre ganz genau fünfzig.

Die drei übrigen Schwestern – Stephanie, Sonja und Dussja – wären achtundvierzig, fünfundvierzig und zweiundvierzig. Und weil sie ihm dem Alter nach am nächsten stand – und auch wegen ihres Namens, »die Süße« – dachte er am häufigsten an Dussja.

Er hatte diese Schwestern nie von Angesicht gesehen. Er wußte nichts von ihnen: Ob sie lebten oder tot waren, ob sie sich der Partei angeschlossen hatten oder massakriert worden waren.

Seine Abreise aus Rußland war »im Stil seiner Mutter Natalie« erfolgt oder, um mit seinem Vater zu reden, »im Stil der Udonows« – hatten doch die Udonows schon immer als Originale gegolten.

Knapp vor seiner Geburt in dem Haus in Archangelsk, in dem es acht Dienstboten gab, war sein Vater – ein bedeutender Fischerei-Reeder – in seiner Eigenschaft eines Armeeintendanten verreist und befand sich irgendwo hinter der Front.

Um ihm näher zu sein, hatte seine Mutter – ein richtiger Wandervogel, wie der Vater nicht müde wurde zu wiederholen – samt ihrer ganzen Familie den Zug nach Moskau genommen, um sich dort bei Tante Sina häuslich niederzulassen.

Eigentlich hieß die Tante Sinaïda Udonow, aber Jonas hatte sie nie anders als Tante Sina nennen hören.

Sie bewohnte, wenn man den Eltern glauben durfte, ein so riesiges Haus, daß man sich in dessen Gängen verirrte, und war sehr reich. Bei ihr war Jonas im Alter von sechs Monaten an einer ansteckenden Lungenentzündung erkrankt, von der er sich nicht recht erholte, so daß die Ärzte das mildere Klima des Südens empfahlen.

Die Familie besaß Freunde auf der Krim, in Yalta: die Schepilows, und ohne diese auch nur zu benachrichtigen, beschloß seine Mutter eines Morgens, samt ihrem Säugling sie aufzusuchen.

»Ich vertraue dir die Mädchen an, Sina«, hatte sie

zur Tante gesagt. »In wenigen Wochen sind wir zurück – der Zeit, die es braucht, um diesem Jungen da ein bißchen Farbe zu geben.«

Es war nicht bequem, mitten im Krieg quer durch Rußland zu fahren; aber nichts war einer Udonow unmöglich. Glücklicherweise traf seine Mutter die Schepilows in Yalta tatsächlich an. Wie von ihr nicht anders zu erwarten, verweilte sie sich dort und wurde darob von der Revolution überrascht.

Vom Vater kamen keine Nachrichten. Die Töchter waren noch immer bei Sina in Moskau, und Natalie erwog, das Kind in Yalta zurückzulassen, um sie zu holen.

Die Schepilows hatten ihr abgeraten. Schepilow war Pessimist. Der Exodus begann. Lenin und Trotzki rissen die Macht an sich. Wrangel stellte seine Armee auf.

Warum nicht nach Konstantinopel fahren, den Sturm vorüberziehen lassen und in ein paar Monaten zurückkommen?

Die Schepilows hatten Jonas' Mutter ins Schlepptau genommen, und sie waren ein Teil jener russischen Kolonie geworden, die in der Türkei die Hotels überschwemmte. Manche waren mit Geld versehen, andere auf der Suche nach einem beliebigen Broterwerb.

Den Schepilows war es gelungen, Gold und Schmuck mitzunehmen. Natalie hatte ein paar Diamanten bei sich.

Wie aber war es dann dazu gekommen, daß sie sich nach Paris wandten? Und wie waren sie von

Paris aus in einem Städtchen des Berry ge-
landet?

Ganz so geheimnisvoll war das nicht. Schepilow
hatte vor dem Krieg auf seinen Ländereien in der
Ukraine ein gastliches Haus geführt, und so hatte
er auch eine gewisse Zahl Franzosen bei sich empfangen – im besonderen während mehrerer Wochen den
Comte de Coubert, dessen Schloß und Gehöfte zwölf
Kilometer von Louvant entfernt lagen.

Nach dem für vorübergehend gehaltenen Exodus
waren sie sich wieder begegnet, und Coubert hatte
Schepilow vorgeschlagen, es sich in seinem Schloß
bequem zu machen. Natalie war nachgekommen,
samt Jonas, der von der Welt, durch die man ihn
schleppte, erst eine schemenhafte Ansicht hatte.

Unterdessen war Konstantin Milk, der in deutsche
Gefangenschaft geraten war, sofort nach dem Waffenstillstand in Aachen freigelassen worden. Man
stellte ihm und seinen Schicksalsgenossen weder
Lebensmittel zur Verfügung noch Geld noch Transportmittel, und unter solchen Umständen kam eine
Heimkehr ins ferne Rußland überhaupt nicht in Frage.

Etappe um Etappe hatte Milk mit andern ähnlich
Zerlumpten Paris erreicht, und eines Tages las der
Comte de Coubert seinen Namen in einer Liste
frisch eingetroffener russischer Kriegsgefangener.

Von Tante Sina und den Mädchen, denen ver-
mutlich nicht die Zeit geblieben war, die Grenze zu
überschreiten, wußte man nichts.

Konstantin Milk trug dicke Gläser – wie bald
darauf sein Sohn –, war kurzbeinig und breit wie

ein sibirischer Bär. Er war das tatenlose Leben auf dem Schloß bald leid, und eines Abends gab er kund und zu wissen, er habe mit Natalies Juwelen im Städtchen eine Fischhandlung gekauft.

»Es wird eine Udonow vielleicht hart ankommen«, meinte er mit seinem rätselhaften Lächeln, aber sie werde sich wohl oder übel darein schicken müssen.

Jonas konnte den Laden von seiner Türschwelle aus sehen: »A la Marée«, mit den zwei Theken aus weißem Marmor und der großen kupfernen Waage. Jahrelang hatte er darüber im zweiten Stock gewohnt, in dem abgeschrägten Zimmer, das jetzt die Tochter der Chenus beherbergte.

Bis zum Schuleintritt hatte er kaum anders als russisch gesprochen, um es danach vollständig zu verlernen.

Rußland war für ihn ein geheimnisvolles und blutiges Land, wo seine fünf Schwestern, darunter Dussja, samt der Tante Sina vielleicht massakriert worden waren – wie die kaiserliche Familie.

Sein Vater war, nicht anders als die von ihm verspotteten Udonows, ein Mann der rücksichtslosen Entschlüsse – oder, falls sie langsam reiften, einer, der zu niemandem darüber sprach.

Im Jahre 1930, Jonas war damals vierzehn Jahre alt und besuchte das städtische Gymnasium, hatte er angekündigt, er fahre nach Moskau. Als Natalie darauf bestand, es sollten alle miteinander fahren, hatte er seinen Sohn ins Auge gefaßt und dabei die Worte gesagt:

»*Es ist besser, wenn wenigstens einer sicher über-*
lebt!«

Niemand wußte, welches Los ihn dort erwartete.
Er hatte versprochen, auf irgendeine Weise von sich
hören zu lassen, aber auch nach einem Jahr war
noch keine Nachricht eingetroffen.

Die Schepilows hatten sich in Paris niedergelassen,
wo sie an der Rue Jacob eine Buchhandlung eröffne-
ten, und Natalie hatte ihnen geschrieben und sie
gefragt, ob sie wohl damit einverstanden wären,
sich eine Zeitlang um Jonas zu kümmern, den sie
in einem Pariser Gymnasium unterbringen wolle, während sie selbst die Reise nach Rußland unternähme.

Und so war er ins Condorcet eingetreten.

Seither war ein anderer Krieg ausgebrochen, woran ihn seine Sehbehinderung nicht hatte teilnehmen
lassen; die Völker waren erneut durcheinanderge-
wühlt worden, es hatte neue Auswanderungen und
neue Flüchtlingswellen gegeben.

Jonas hatte sich an alle erdenklichen Ämter, rus-
sische wie französische, gewandt, ohne doch je eine
Nachricht von den Seinen zu bekommen.

Konnte er hoffen, daß sein Vater mit zweiund-
achtzig Jahren und seine Mutter mit sechsundsiebzig
noch am Leben waren?

Was war aus Tante Sina in ihrem Haus, worin
man sich verirrte, geworden? Und was aus seinen
Schwestern, von denen er nicht einmal wußte, wie
sie aussahen?

Wußte Dussja überhaupt, daß sie irgendwo auf
der Welt einen Bruder hatte?

Die Mauern rund um ihn her waren hinter alten Büchern versteckt. In seinem Büro stand ein dicker Ofen, den er winters bis zur Weißglut heizte – aus Wollust –, und heute hätte er schwören können, daß noch immer Heringsdüfte durch seine Küche zogen.

Das weite Dach über dem Markt ließ den Sonnenschein noch auf sein Schaufenster durch, und ringsherum waren die Läden kaum größer als sein eigener, ausgenommen auf der Seite der Straße nach Bourges, wo die Kirche Sainte-Cécile aufragte.

Zu jedem Gesicht wußte er einen Namen zu nennen; er erkannte jeden an der Stimme, und wer ihn unter der Türe stehen oder bei Le Bouc eintreten sah, rief ihm zu:

»Hallo, Monsieur Jonas!«

Es war eine ganze Welt, in der er sich abkapselte und in die eines Tages Gina eingetreten war – mit einem Rollen der Hüften, einen warmen Geruch von Achselschweiß hinter sich herziehend.

Sie hatte ihn verlassen, und ihn schwindelte.

4

Frédos Besuch

Die Verwicklungen begannen an jenem Tag noch nicht; aber er fühlte sich bereits wie einer, der den Keim zu einer Krankheit in sich trägt.

Glücklicherweise kamen am Nachmittag die Kunden recht zahlreich in den Laden. Unter anderen bekam er den Besuch von Monsieur Legendre, einem pensionierten Zugführer, der täglich ein, manchmal auch zwei Bücher las, sie halbdutzendweise umtauschte und sich auf einen Stuhl niederließ, um zu plaudern. Er rauchte eine Meerschaumpfeife, die bei jedem Zug ein »Gluckgluck« von sich gab; und da er die Gewohnheit hatte, den glühenden Tabak von Hand anzudrücken, war die Beere seines Zeigefingers goldbraun getönt.

Er war weder Witwer noch Junggeselle. Seine Frau, klein und mager, einen schwarzen Hut auf dem Kopf, besuchte wöchentlich dreimal den Markt, blieb vor allen Auslagen stehen und feilschte, um schließlich einen Bund Lauch zu kaufen.

Monsieur Legendre blieb fast eine Stunde. Die Türe stand offen. Im Schatten des Marktdaches trocknete der mit reichlichen Wassermengen abgespritzte Zementboden nur langsam und behielt feuchte Flecken; da es Donnerstag war, hatte eine

Kinderschar vom Platz Besitz ergriffen und spielte – diesmal Cowboy.

Zwei- oder dreimal unterbrachen andere Kunden den Redestrom des Pensionierten, und dieser wartete als Stammgast ab, bis Jonas sie bedient hatte, um dann genau dort fortzufahren, wo er aufgehört hatte:

»Wie gesagt ...«

Um sieben Uhr scheute sich Jonas, die Tür mit dem Schlüssel abzuschließen und bei Pépito essen zu gehen – wie ihm schien, daß er es eigentlich tun müßte; es fehlte ihm dazu der Mut. Er zog es vor, den Platz zu überqueren und im Milchladen Coutelle ein paar Eier zu kaufen. Wie er es erwartet hatte, fragte ihn Madame Coutelle:

»Ist Gina nicht da?«

Er antwortete, diesmal ohne Überzeugung:

»Sie ist nach Bourges gefahren.«

Er machte sich ein Omelett. Die Beschäftigung tat ihm wohl. Seine Bewegungen waren präzis. Als er die geschlagenen Eier in die Pfanne goß, erlag er der Versuchung der Gaumenfreuden, wie am Mittag beim Apfelkuchen, und er ging in den Hof, um sich ein wenig Schnittlauch abzuschneiden, der in einem Kistchen sproß.

Hätte es ihm, jetzt wo Gina fort war, nicht gleichgültig sein müssen, was er aß? Er stellte die Butter, das Brot und den Kaffee ordentlich auf den Tisch, entfaltete seine Serviette und verzehrte langsam seine Mahlzeit – gedankenlos, wie er fand.

In irgendeinem Buch, wahrscheinlich in Kriegserinnerungen, hatte er gelesen, daß Schwerstverwundete eine Zeitlang keinen Schmerz empfinden, ja daß sie manchmal zunächst gar nicht merken, daß sie getroffen sind.

Sein Fall war ein bißchen anders. Er spürte weder heftigen Schmerz noch Verzweiflung. Vielmehr machte sich eine Leere in ihm breit. Er war nicht mehr im Gleichgewicht. Die Küche, die sich doch nicht verändert hatte, erschien ihm zwar nicht fremd, aber leblos, körperlos, als betrachte er sie ohne Brille.

Er weinte nicht, seufzte nicht, heute abend so wenig wie gestern. Nachdem er eine Banane gegessen hatte, die noch von Gina gekauft war, spülte er das Geschirr, fegte die Küche und stellte sich dann unter die Tür, um dem Sonnenuntergang zuzuschauen.

Er blieb dort nicht, denn die Chaignes, die Kolonialwarenhändler nebenan, hatten ihre Stühle auf das Trottoir gebracht und unterhielten sich in halber Lautstärke mit dem Metzger, der ihnen Gesellschaft leistete.

Wenn Jonas auch seine wertvollen Briefmarken nicht mehr besaß, so blieb ihm doch wenigstens seine Sammlung russischer Marken, der er lediglich sentimentalen Wert beimaß und die er daher, wie man es andernorts mit Familienporträts tut, in ein Album geklebt hatte.

So besonders russisch fühlte er sich zwar auch wieder nicht, betrachtete er doch nur den Vieux-Marché als sein Zuhause.

Als die Milks sich hier niederließen, hatten sich

die Händler als sehr zugänglich erwiesen, und obwohl Vater Milk anfänglich kein Wort Französisch sprach, hatten sie nicht gezögert, mit ihm ins Geschäft zu kommen. Es rief bei ihm zuweilen ein breites Lachen ohne Bitterkeit hervor, daß er den Fisch jetzt pfundweise absetzte, während er noch vor wenigen Jahren die bedeutendste Fischerflottille von Archangelsk besessen hatte, deren Boote bis nach Spitzbergen und Nowaja Semlja fuhren. Kurz vor dem Krieg hatte er sogar zum Walfang gerüstet, und vielleicht war es aus einer nur ihm selbst ganz verständlichen Art von Humor geschehen, daß er seinen Sohn Jonas nannte.

Natalie hatte länger gebraucht, um sich an die neue Lebensweise zu gewöhnen, und ihr Gatte pflegte sie vor den Kunden, die ja doch nichts verstanden, auf russisch zu necken:

»Los, Ignatjewna Udonow, tauche deine schönen Händchen in diese Kiste und bediene die dicke Dame mit einem halben Dutzend Merlanen.«

Jonas wußte fast nichts über die Udonows, die Familie seiner Mutter, außer daß sie Kaufleute waren, die Schiffe belieferten. Während Konstantin Milk, dessen Großvater schon Reeder war, plebejische und ein bißchen ungehobelte Allüren beibehielt, liebten die Udonows gute Manieren und schmeichelten sich in die bessere Gesellschaft ein.

Bei guter Laune nannte Milk seine Frau nicht Natalie, sondern Ignatjewna Udonow oder einfach Udonow, und sie kniff den Mund ein, als sei das eine Beleidigung.

Was ihr am meisten den Mut nahm, war, daß es im Städtchen keine Synagoge gab, denn die Udonows sowohl wie die Milks waren Juden. Es gab noch andere im Quartier, vor allem unter den Trödlern und Krämern der Rue Haute, aber weil die Milks rotblond waren, eine helle Gesichtsfarbe und blaue Augen hatten, schienen sich die Einheimischen über ihre Rasse nicht im klaren zu sein.

Sie waren für jedermann Russen. Und in gewissem Sinne traf das auch zu.

In der Schule war Jonas anfänglich, als er noch kaum französisch sprach und sich oft drollig ausdrückte, der Gegenstand von Witzeleien gewesen; aber das hatte sich gegeben.

»Sie sind nett«, sagte er seinen Eltern, wenn er gefragt wurde, wie sich seine Kameraden ihm gegenüber benähmen.

So war es auch. Alle waren sie nett mit ihnen. Nach der Abreise seines Vaters betrat keiner den Laden, ohne Natalie zu fragen:

»Haben Sie noch immer keine Nachricht von ihm?«

Jonas war im Grunde recht stolz darauf, daß ihn seine Mutter verließ, um ihren Gatten zu suchen. Weit mehr brachte ihn aus der Fassung, daß er, um ins Condorcet einzutreten, die Place du Vieux-Marché verlassen mußte, und vor allem, daß er den Schepilows wieder begegnete.

Sergej Sergejewitsch Schepilow war ein Intellektueller. Und das spürte man auch an seinem Getue, an seiner Art zu reden und seinen Gesprächspartner mit einer gewissen Herablassung anzusehen. Nach den elf Jahren, die er nun schon in Frankreich lebte, betrachtete er dieses Land noch stets als ein Exil, gehörte allen Gruppierungen von Weißrussen an und arbeitete an deren Zeitung und an deren Zeitschriften mit.

Wenn Jonas an seinen freien Tagen die Schepilows in ihrer Buchhandlung an der Rue Jacob besuchen ging – sie bewohnten ein winziges Wohn-Schlafzimmer dahinter, pflegte Schepilow so zu tun, als wolle er ihn auf russisch anreden, um sich dann eines Besseren zu besinnen und mit Bitterkeit zu sagen:

»Es ist ja wahr – du hast die Sprache deiner Heimat vergessen!«

Schepilow war noch am Leben. Auch seine Frau, Nina Ignatjewna. Beide waren sie alt und hatten sich in Nizza niedergelassen, wo ihnen Artikel, die Schepilow hier und da in Zeitungen unterbrachte, zu vegetieren gestatteten. Beim Samowar beschlossen sie ihre Tage mit dem Kult der Vergangenheit und voller Verachtung für die Gegenwart.

»Wenn dein Vater nicht füsiliert oder nach Sibirien verschickt worden ist, dann höchstens, weil er sich der Partei angeschlossen hat, und in diesem Falle ziehe ich es vor, ihm nie mehr zu begegnen.«

Jonas empfand keinen Haß, nicht einmal gegen die Bolschewisten, deren Kommen seine Familie in alle Winde zerstreut hatte. Wenn er oftmals an Dussja dachte, dann weniger als an ein reales Wesen denn an eine Art Fee. In seiner Vorstellung glich Dussja niemandem, den er kannte; sie war zum

Symbol einer zerbrechlichen und zarten Fraulichkeit geworden, die ihm Tränen in die Augen trieb, sooft er sie sich vergegenwärtigte.

Um sich an diesem Abend irgendwie zu beschäftigen, blätterte er in seinem Album russischer Briefmarken, und in dem von einer Lampe erhellten Büro zog an seinen Augen die Geschichte der Heimat vorüber.

Er hatte lange gebraucht, bis er diese fast vollständige Sammlung beieinander hatte, und sie hatte viel Geduld erfordert, Briefe und Tausche mit Hunderten von Philatelisten, und dabei wäre das ganze Album im Handel weniger wert gewesen als die vier oder fünf Einzelstücke, die Gina mitgenommen hatte.

Die erste Briefmarke – die erste überhaupt, die Rußland herausbrachte, und zwar 1857 – stellte den Adler in Prägedruck dar. Jonas besaß zwar die Werte zehn und zwanzig Kopeken, hatte sich aber nie die Dreißig-Kopeken-Marke beschaffen können.

Jahrelang galt dasselbe Symbol mit geringfügigen Änderungen – bis zur Dreihundertjahr-Gedächtnismarke von 1905, die ihn der Mitschüler im Condorcet hatte sehen lassen.

Von 1914 an kamen dann mit dem Krieg die Wohltätigkeitsmarken auf, mit den Motiven des Muromez und des Don-Kosaken. Besonders liebte er wegen Gravur und Stil einen Heiligen Georg als Drachentöter, der jedoch nur zu vierzig Francs notiert war.

Beim Blättern sinnierte er:

»Als diese Marke herauskam, war Vater zwanzig ... Da war er fünfundzwanzig ... Da ist er der Mutter begegnet ... In diesem Jahr wurde Aljoscha geboren ...«

1917 war es die Jakobinermütze der Demokratischen Republik mit den zwei gekreuzten Schwertern, dann die Marken der Kerenski-Regierung, auf denen eine starke Hand Ketten zerhieb.

1921 und 1922 sahen Motive härteren, gröberen Zuschnitts, und von 1921 an setzten wieder Gedächtnismarken ein – nun aber nicht mehr an die Romanow-Dynastie, sondern zum vierten Jahrestag der Oktoberrevolution, dann zum fünften Geburtstag der Sowjetrepublik.

Wieder Wohltätigkeitsmarken – für die Hungernden –, dann, mit Beginn der UdSSR, Gestalten von Arbeitern, Bauern und Rotarmisten, und – zum erstenmal 1924 – das Brustbild Lenins, in Rot und Schwarz.

Er wurde nicht wehmütig, empfand kein Heimweh. Was ihn getrieben hatte, diese Bilder aus einer fernen Welt zu sammeln und sie Seite an Seite zu kleben, war eher Neugier gewesen.

Er wurde vom Anblick eines Samojedendorfes oder einer Gruppe Tadschiken vor einem Kornfeld ähnlich in Träumereien versetzt wie ein Kind von seinem Bilderbuch.

Nie war es ihm in den Sinn gekommen, dorthin zurückzukehren, und das nicht etwa aus Angst vor dem Schicksal, das ihn dort erwarten mochte, oder aus Haß gegen die Partei wie Schepilow.

Im Gegenteil: sobald er, zwei Jahre vor Kriegs-
ausbruch, volljährig war, hatte er auf seinen Nansen-
paß verzichtet und das französische Bürgerrecht erworben.

Auch Frankreich war ihm noch zu groß. Nach
dem Gymnasium hatte er zwar noch einige Monate
in einer Buchhandlung am Boulevard Saint-Michel
gearbeitet; dann aber – die Schepilows trauten ihren
Ohren nicht, als er ihnen mitteilte, er zöge es vor,
ins Berry zurückzukehren.

Er war ganz allein zurückgekommen, hatte bei
der alten Mademoiselle Buttereau, die dann während des Krieges starb, ein möbliertes Zimmer ge-
mietet und war als Angestellter in die Buchhandlung
Duret an der Rue de Bourges eingetreten.

Sie bestand noch immer. Vater Duret, fast kin-
disch geworden, hatte sich zurückgezogen, aber die
zwei Söhne führten das Geschäft weiter. Es war die
bedeutendste Buchhandlung und Papeterie des
Städtchens, und ein Schaufenster war immer Devo-
tionalien vorbehalten.

Zu jener Zeit aß er noch nicht bei Pépito – das
wäre ihm zu teuer gewesen. Als der Antiquariats-
laden, wo er jetzt lebte, verfügbar wurde, hatte er
sich dort eingerichtet, als sei die Rue de Bourges,
obwohl nur zwei Schritte entfernt, schon zu abge-
legen.

Er befand sich wieder mitten am Vieux-Marché
seiner Kindheit, und jedermann hatte ihn wiedererkannt.

Plötzlich zerstörte Ginas Verschwinden mit der

gleichen Brutalität, womit die Revolution einst die Seinen zerstreut hatte, dieses dank Hartnäckigkeit erzielte Gleichgewicht.

Er durchblätterte das Album nicht bis zu Ende. Er machte sich eine Tasse Kaffee, löste die Türfalle, drehte den Schlüssel, legte den Riegel vor, und wenig später stieg er hinauf ins Schlafzimmer.

Es wurde eine stille Nacht, wie immer wenn kein Markt war, ohne ein Geräusch, es sei denn hin und wieder ein fernes Hupen und das noch fernere Rollen eines Güterzuges.

Allein im Bett, ohne die Brille, die ihm ein männliches Aussehen verlieh, schrumpfte er zusammen wie ein Kind, das Angst hat, und fiel schließlich in Schlaf, mit einem Kummermäulchen und einer Hand an der Stelle, wo Gina hätte liegen sollen.

Als die Sonne in seine Kammer drang und ihn weckte, war die Luft noch immer gleich ruhig, und die Glocken der Kirche Sainte-Cécile läuteten zur Frühmesse. Mit einem Schlag war die Leere des Alleinseins wieder da, und fast hätte er die Kleider übergestreift, ohne sich zu waschen, wie ihm das mitunter vor Ginas Zeit unterlaufen war. Aber er wollte – koste es, was es wolle – die gleichen Bewegungen ausführen wie alle Tage; das führte so weit, daß er in der Bäckerei gegenüber, als man ihm die Croissants reichte, zögerte.

»Nur drei«, gelang es ihm schließlich bedauernd zu murmeln.

»Ist Gina nicht da?«

Die wußten es also noch nicht. Freilich waren sie

ja auch fast Neulinge am Platz, hatten sie ihr Geschäft doch erst vor fünf Jahren gekauft.

»Nein, sie ist nicht da.«

Es wunderte ihn, daß man nicht darauf einging, daß man die Neuigkeit gleichgültig hinnahm.

Es war halb acht. Um nur eben über den Platz zu gehen, hatte er die Tür nicht abgeschlossen. Er tat das nie. Als er zurückkam, fuhr er zusammen, denn ein Mann ragte plötzlich vor ihm auf, und da er, gedankenverloren, den Kopf beim Gehen gesenkt gehalten hatte, erkannte er ihn nicht sofort.

»Wo ist meine Schwester?«, forschte Frédos Stimme.

Er war es, der mitten im Laden stand, in einer Lederjacke, die schwarzen, noch feuchten Haare vom Kamm gezeichnet.

Schon seit dem Vortag hatte Jonas dergleichen erwartet; doch jetzt war er überrumpelt, stammelte und hielt dabei die in braunes Seidenpapier gewickelten Croissants fest in der Hand:

»Sie ist nicht heimgekommen.«

Frédo war ebenso groß wie sein Vater, in den Schultern sogar noch breiter, und wenn er in Zorn geriet, sah man seine Nasenflügel beben.

»Wo ist sie hingegangen?«, beharrte er, ohne seinen mißtrauischen Blick von Jonas abzuwenden.

»Ich ... aber ... nach Bourges.«

Er setzte hinzu – und das war vielleicht ein Fehler, vor allem Frédo gegenüber:

»Jedenfalls hat sie mir gesagt, sie fahre nach Bourges.«

»Wann hat sie das gesagt?«

»Gestern morgen.«

»Um wieviel Uhr?«

»Ich erinnere mich nicht. Vor Abfahrt des Busses.«

»Sie hat den Sieben-Uhr-Bus genommen? Gestern morgen?«

»So muß es wohl gewesen sein.«

Warum zitterte er vor einem Bengel von neunzehn Jahren, der sich herausnahm, ihn zur Rechenschaft zu ziehen? Jonas war nicht der einzige im Quartier, der sich vor Frédo fürchtete. Der Sohn Palestris hatte seit frühester Jugend einen verschlossenen Charakter; »unvertraut« nannten das die Leute.

Es traf zu, daß er keinen Menschen zu lieben schien, es sei denn seine Schwester. Seinem Vater gegenüber, wenn dieser zu viel getrunken hatte, benahm er sich unerträglich, und die Nachbarn hatten häßliche Szenen mitangehört. Man erzählte sich, Frédo habe Palestri einmal geohrfeigt und seine Mutter habe sich auf ihn geworfen und ihn wie einen zehnjährigen Lausbuben in sein Zimmer gesperrt.

Er war durch das Fenster und über die Dächer entkommen, war acht Tage weggeblieben und hatte derweil in Montluçon vergeblich Arbeit gesucht.

Es fehlte ihm ein genügender Schulabschluß, und er weigerte sich, einen Beruf zu lernen. Er hatte bei mehreren Geschäftsleuten gearbeitet, als Laufbursche, als Auslieferer, später als Verkäufer. Nirgends war er länger als ein paar Monate oder auch nur Wochen geblieben.

Faul war er nicht. Wie einer seiner ehemaligen Arbeitgeber es ausdrückte:

»Dieser Junge rebelliert gegen jegliche Disziplin. Er will General sein, bevor er gewöhnlicher Soldat war.«

So sehr Jonas die Place du Vieux-Marché liebte, so sehr schien Frédo sie zu hassen, wie er deren Anwohner allesamt verachtete und haßte, wie er ohne Zweifel jeden beliebigen Ort hassen würde, an dem er sich befände.

Einzig Angèle versuchte glauben zu machen, sie könne ihn noch immer wie ein Kind behandeln; aber es war nicht so sicher, daß sie keine Angst vor ihm hatte. Als er fünfzehn Jahre alt war, hatte sie einmal in seiner Tasche ein langes Stellmesser gefunden, das er stundenlang liebevoll zuschliff. Sie nahm es ihm weg. Er sagte gleichgültig:

»Dann kauf ich mir halt ein anderes.«

»Ich verbiete es dir.«

»Mit welchem Recht?«

»Ich bin schließlich deine Mutter.«

»Als seist du's absichtlich geworden! Ich wette, mein Vater war besoffen!«

Er trank nicht, ging nicht tanzen; er besuchte eine kleine Bar im Italienerviertel, im miesen Teil der Rue Haute, wo Polen und Araber verkehrten und wo man im Hintergrund des Saales stets Grüppchen von Männern stehen sah, die beunruhigende Beratungen abhielten. Das Lokal hieß Luxor-Bar. Im

Zusammenhang mit dem Hold-up Marcels hatte sich die Polizei dafür interessiert, denn Marcel war dort vor Frédo Stammgast gewesen.

Alles was man gefunden hatte, war ein ehemaliger Boxer ohne Aufenthaltserlaubnis, dessen Papiere nicht in Ordnung waren. Trotzdem behielt man das Luxor seither im Auge.

Jonas hatte nicht eigentlich Angst. Selbst wenn ihn Frédo in einem Wutanfall schlüge, würde er es gleichmütig hinnehmen. Er war zwar nicht mutig, wußte aber, daß körperlicher Schmerz nicht endlos dauert.

Im Augenblick glaubte er, Gina zu verteidigen, und merkte, daß er sich verhaspelte; er hätte geschworen, daß er bis zu den Haarwurzeln rot geworden war.

»Hat sie gesagt, daß sie zum Schlafen nicht heimkomme?«

»Ich...«

Er überlegte sehr rasch. Er hatte im Zusammenhang mit Bourges schon einmal ins Blaue hineingeredet. Jetzt mußte er achtgeben.

»Ich erinnere mich nicht.«

Der Junge kicherte höhnisch und beleidigend.

»Sie erinnern sich nicht, ob Sie auf sie warten sollten oder nicht?«

»Sie wußte es selber auch nicht.«

»Dann hat sie also den Koffer mitgenommen?«

Jetzt nur rasch denken, sich nur ja nicht erwischen lassen, sich nicht widersprechen. Unwillkürlich warf er einen kurzen Blick nach der Treppe.

»Ich glaube nicht.«

»Sie hat ihn nicht mitgenommen«, bestätigte Frédo. Seine Stimme wurde scharf und anklagend.

»Ihr Koffer ist im Schrank da oben; auch ihr Mantel.«

Er wartete auf eine Erklärung. Was konnte Jonas darauf antworten? War dies der Augenblick, die Wahrheit zu gestehen? Sollte er dieses Geständnis Ginas Bruder ablegen?

Er versteifte sich, und es gelang ihm, trocken zu bemerken:

»Schon möglich.«

»Sie hat nicht den Bus nach Bourges genommen.«

Er heuchelte Überraschung.

»Ein Kamerad von mir war im Bus, und er hat sie nicht gesehen.«

»Vielleicht ist sie mit dem Zug gefahren.«

»Um die Loute zu besuchen?«

»Das nehme ich an.«

»Gina hat auch nicht die Loute besucht. Ich habe heute morgen mit ihr telefoniert, bevor ich heimgekommen bin.«

Jonas wußte nicht, daß die Loute ein Telefon besaß und daß Frédo mit ihr in Kontakt stand. Wenn er die Nummer kannte, hatte er sie am Ende schon besucht?

»Wo ist meine Schwester?«

»Ich weiß es nicht.«

»Wann ist sie verreist?«

»Gestern morgen.«

Fast hätte er hinzugefügt:

»Ich schwör's.«

Beinahe glaubte er es selbst, so oft hatte er es schon wiederholt. Was machte es auch aus, ob Gina am Mittwochabend oder am Donnerstagmorgen fortgegangen war?

»Niemand hat sie gesehen.«

»Man hat sich an ihre Gegenwart so gewöhnt, daß man nicht mehr auf sie achtet.«

Es sah aus, als wolle ihn Frédo, der um einen Kopf größer war, an den Schultern packen und schütteln, und Jonas, in sein Schicksal ergeben, rührte sich nicht. Er wandte die Augen nicht von ihm ab, bis sich sein Gesprächspartner zur Türe drehte, ohne ihn zu berühren.

»Man wird ja sehen ...«, knurrte Frédo dumpf.

Nie war ein Morgen strahlender und stiller gewesen. Der Platz hatte sich noch kaum belebt, und man hörte, wie der Kolonialwarenhändler seinen orangefarbenen Store herunterließ: Das Kreischen der Kurbel war das einzige, was die Stille durchbrach.

Im Türrahmen bildete Frédo einen riesigen und bedrohlichen Schatten.

Zweifellos öffnete er den Mund zu einem Fluch, als er Jonas den Rücken kehrte – besann sich aber eines Besseren, überquerte das Trottoir und setzte sein Motorrad in Gang.

Jonas blieb mitten im Laden unbeweglich stehen, vergaß seine Croissants, vergaß, daß es Frühstückszeit war. Er bemühte sich zu verstehen. Schon am Tage zuvor hatte er gespürt, daß ihm eine Gefahr drohte, und jetzt hatte man ihm im eigenen Hause gedroht.

Womit? Warum?

Er hatte nichts getan, außer die Frau in sein Haus aufzunehmen, die ihm Angèle zuführte, und zwei Jahre hatte er sich bemüht, ihr Frieden zu schenken.

»Sie ist nach Bourges gefahren.«

Er hatte das ins Blaue hinausgesagt, um lästige Fragen loszuwerden, und jetzt zog das Erkundungen nach sich. Während seines Gangs zur Bäckerei war Frédo nicht nur bei ihm eingedrungen, sondern er war auch noch in den oberen Stock hinaufgestiegen, hatte den Wandschrank geöffnet und den Spiegelschrank durchsucht – denn er hatte ja gewußt, daß seine Schwester weder Koffer noch Mantel bei sich hatte.

War es möglich, daß sie dachten, was ihm jetzt plötzlich durch den Kopf schoß?

War er vorhin rot gewesen, so wurde er jetzt blaß, so absurd und schrecklich war das. Glaubte man wirklich, war irgend jemand auf den Gedanken gekommen – und sei es auch nur Frédo –, er habe Gina beseitigt?

Wußten sie denn nicht alle, alle am Vieux-Marché und sogar alle in der Stadt, daß das nicht der erste Seitensprung seiner Frau war, daß sie schon vor ihm dergleichen getan hatte, damals, als sie noch bei ihren Eltern wohnte, und daß man sie eben darum ihm übergeben hatte?

Darüber machte er sich keine Illusionen. Kein anderer hätte sie geheiratet. Und Gina verfügte nicht über die Gelassenheit, die Kaltblütigkeit der Loute, die sich in Bourges recht und schlecht aus der Affäre zog.

Gina war ein Weibchen, das sich nicht in der Hand hatte; das wußten alle, ihr Vater nicht ausgenommen.

Warum? Du lieber Gott, warum hätte er sie ...

Er scheute sich, das Wort auch nur innerlich zu bilden, es zu denken. Wäre es aber nicht trotzdem besser, sich der Wirklichkeit zu stellen?

Warum also hätte er sie töten sollen?

Das war es, er war dessen gewiß, wessen ihn Frédo verdächtigte. Und vielleicht war die gleiche Vorstellung, in einer unbestimmteren Form, am Vortag schon Palestri in den Sinn gekommen.

Aus welchem andern Grunde würde man ihn sonst so quälen?

Wenn er auch eifersüchtig war, wenn es ihm auch wehtat, sooft Gina auf Männerjagd ging, sooft er an ihr einen fremden Geruch wahrnahm, so hatte er doch niemanden etwas davon merken lassen, nicht einmal sie. Nie hatte er ihr einen Vorwurf gemacht.

Im Gegenteil! Wenn sie heimkam, zeigte er sich zärtlicher denn je, damit sie vergessen konnte, damit sie sich vor ihm nicht schämen sollte.

Er brauchte sie, auch er. Er wollte sie gern behalten. Aber er maßte sich nicht das Recht an, sie einzuschließen, wie es Angèle einmal mit ihrem Sohn getan hatte.

Glaubten sie es wirklich?

Fast wäre er zu den Palestris gelaufen, um

Angèle die Wahrheit zu gestehen; aber er gab sich Rechenschaft, daß es dafür zu spät sei. Man würde ihm nicht mehr glauben. Zu oft hatte er wiederholt, sie sei nach Bourges gefahren, und er hatte es mit zu vielen Einzelheiten ausgeführt.

Kam sie vielleicht doch noch zurück? Es war der Umstand, daß sie ihren Mantel nicht mitgenommen hatte, der ihn verwirrte. Denn wenn sie sich irgendwo in der Stadt versteckt hielt, wozu hätte sie dann die Briefmarken genommen? Hier konnte sie sie nicht verkaufen.

Er war in die Küche gegangen, mechanisch, machte sich wieder einmal mit automatischen Bewegungen Kaffee, setzte sich, um ihn zu trinken und um seine Croissants zu essen. Die Linde der Chaignes drüben war voller Vögel, und er öffnete die Hoftür, um ihnen, wie er es gewöhnt war, die Krümel hinauszuwerfen.

Wenn es ihm nur möglich wäre, den Bahnhofbeamten zu fragen, dann wüßte er Bescheid; aber auch dafür war es zu spät.

Hatte jemand in einem Auto auf Gina gewartet? Das würde erklären, daß sie ohne Mantel abgereist war. Noch konnte er sich der Polizei stellen, alles sagen und Gina suchen lassen. Wer weiß? Morgen würde es ihm vielleicht zum Vorwurf gemacht, wenn er es nicht tat, und man würde darin einen Beweis gegen ihn sehen.

Wiederum mechanisch stieg er in die Kammer hinauf, wo die Tür des Wandschranks und beide Türen des Spiegelschranks offen standen. Eine seiner

Hosen lag sogar auf dem Boden. Er hängte sie an ihren Platz, machte das Bett, reinigte den Waschtisch und wechselte das schmutzige Handtuch aus. Es war der Tag, an dem die Wäsche abgeholt wurde, und es fiel ihm ein, er müsse die Liste vorbereiten, da Gina es ja nicht tun konnte. Im Korb, den er leerte, waren Slips und Büstenhalter; er begann, die verschiedenen Gegenstände aufzuschreiben, wurde aber durch Schritte im Erdgeschoß unterbrochen.

Es war Madame Lallemand, die Mutter der kleinen Invaliden, die sich am Tage zuvor nach Bourges begeben hatte. Sie kam, die Bücher für ihre Tochter umzutauschen.

»Was hat der Arzt gesagt?«

Er vergaß nicht, danach zu fragen.

»In Wien gibt es, so scheint es, einen Spezialisten, der sie vielleicht heilen könnte. Sicher ist das nicht, und man müßte die große Reise auf sich nehmen, mehrere Monate dort bleiben, in einem Land, dessen Sprache man nicht spricht. Teuer ist es auch. Meine Tochter behauptet, sie bleibe lieber so, wie sie ist; aber ich werde trotzdem ihrem Onkel schreiben; er hat in Paris ein gutgehendes Geschäft, und er hilft uns vielleicht.«

Während er die Bücher aussuchte, schien der Frau die Stille im Hause aufzufallen, da man um diese Stunde das Kommen und Gehen Ginas hätte hören müssen.

»Ist Ihre Frau nicht da?«

Er begnügte sich mit einem Kopfschütteln.

»Gestern hat jemand meine Tochter gefragt, ob sie die Reise mit ihr gemacht habe.«

»Sie wissen nicht, wer das war?«

»Ich habe sie nicht danach gefragt. Ich kümmere mich so wenig um andere, wissen Sie...«

Er reagierte nicht. Von jetzt an war er auf alles gefaßt. Das in ihm vorherrschende Gefühl war nicht einmal Angst, sondern Enttäuschung – und dabei hatte er von den Leuten nie etwas erwartet, war er zufrieden gewesen, in seinem Winkel so bescheiden wie möglich zu leben.

»Ich glaube, diese beiden werden ihr gefallen.«

»Kommen keine Krankheiten darin vor?«

»Nein. Ich habe sie gelesen.«

Tatsächlich las er hin und wieder Jungmädchen-Romane und fand daran Vergnügen. In solchen Augenblicken dachte er an Dussja und verlieh ihr jeweils das Gesicht der Heldinnen.

Danach brachte man ihm die Gasrechnung, und er öffnete die Kassenschublade, zahlte, wollte hinaufsteigen, um die Wäscheliste zu vervollständigen, als ihm ein Junge Schulbücher zum Kauf anbot. Jonas hätte schwören können, daß er sie in ein oder zwei Wochen wieder haben wollte und daß er sie lediglich verkaufte, weil er Taschengeld brauchte. Da er sich nicht in anderer Leute Angelegenheiten zu mischen hatte, nannte er trotzdem eine Zahl.

»Nur?«

Er blieb geschäftlich.

»Wenn sie nicht in einem so schlechten Zustand wären...«

Er hatte davon drei Gestelle voll, allein fürs Gymnasium, und dies brachte am meisten ein, denn die Auflagen wurden selten geändert, und dieselben Bücher gingen im Verlauf weniger Jahre viele Male durch seine Hände. Manche darunter erkannte er, zum Beispiel an einem Fleck auf dem Deckel, noch ehe er sie in die Hand nahm.

Endlich konnte er hinaufgehen, die Liste abschließen, die schmutzige Wäsche in einen Kopfkissenüberzug knoten, den er unter den Ladentisch schob, bis ihn die Wäscherei holen käme. Es schien ihm nicht ungewöhnlich, Ginas Wäsche zum Waschen zu schicken. In seiner Vorstellung gehörte sie noch stets zum Haushalt und würde immer dazu gehören.

Um zehn Uhr ging er zu Le Boucs Bar, wo sich nur ein Lastwagenfahrer aufhielt. Er hörte das übliche:

»Hallo, Monsieur Jonas.«

Und er antwortete rituell:

»Hallo, Fernand. Einen Espresso bitte.«

»Sofort.«

Er nahm seine zwei Zuckerstückchen und begann, sie auszuwickeln. Der Fahrer hielt wortlos sein Glas Weißwein in der Hand, wobei er durchs Fenster seinen Lastwagen nicht aus den Augen ließ. Entgegen seiner Gewohnheit bediente Le Bouc die Kaffeemaschine schweigend, und Jonas fand ihn irgendwie verlegen.

Er war auf eine Frage gefaßt, und da sie nicht kam, äußerte er gleichwohl:

»Gina ist nicht heimgekommen.«

Fernand murmelte, indem er die dampfende Tasse auf den Schanktisch stellte:

»So hat man mir erzählt.«

Man hatte also auch hier davon gesprochen. Nicht Frédo, bestimmt nicht, er besuchte keine der Bars am Vieux-Marché. War es Louis gewesen? Aber wie hätte Louis es wissen können, da sein Sohn von Jonas aus stadtwärts gefahren war?

Aber ja! Man hatte natürlich die junge Invalide beim Aussteigen aus dem Bus befragt!

Er kam nicht mehr mit. An diesem plötzlichen Mißtrauen war etwas, das er nicht begriff. Als Gina damals drei Tage wegblieb, hatte das keinerlei Bemerkungen ausgelöst, und allerhöchstens ganz gewisse Leute hatten ihn spöttisch angeblinzelt.

Nur der Metzger hatte hingeworfen:

»Wie geht's denn deiner Frau?«

Er hatte geantwortet:

»Sehr gut.«

Und Ancel hatte mit einem Verschwörerblick in die Runde ausgerufen:

»Weiß Gott!«

Warum wurde etwas, was sie vor sechs Monaten belustigt hatte, jetzt tragisch genommen? Allein mit Le Bouc wäre er versucht gewesen, ihn zu fragen. Zweifellos hätte er es schließlich doch nicht getan, aus Schamgefühl, aber Lust dazu hätte er gehabt.

Und dieses Bedürfnis, Erklärungen abzugeben, als fühle er sich schuldig! Auch jetzt wieder konnte er sich nicht daran hindern, mit schlecht gespieltem Gleichmut zu sagen:

»Sicher ist sie aufgehalten worden.«

Le Bouc begnügte sich mit einem Seufzer, wobei er es vermied, Jonas anzusehen:

»Ohne Zweifel.«

Was hatte er getan? Noch gestern vormittag, als Gina schon fort war, hatte er sich als Gleicher unter Gleichen gefühlt.

Man ließ ihn fallen, ganz plötzlich, ohne ein Wort der Erklärung, ohne daß er sich verteidigen konnte.

Er hatte doch nichts getan, gar nichts!

Würde er es ihnen ins Gesicht schreien müssen?

Er war so durcheinander, daß er – als kenne er ihn nicht seit langem – nach dem Preis des Kaffees fragte:

»Was bin ich schuldig?«

»Dreißig Francs, wie immer.«

Er mußte im Gerede sein. Es mußten am Platz Gerüchte herumgeboten werden, von denen er nichts wußte. Es mußte vor allem irgendwo ein Mißverständnis geben, das sich mit zwei oder drei Sätzen aufhellen ließe.

»Ich fange an unruhig zu werden«, sagte er noch mit einem gequälten Lächeln.

Es fiel ins Leere. Le Bouc verharrte vor ihm wie eine Mauer.

Jonas handelte falsch. Er sprach zuviel. Er schien sich zu verteidigen, noch ehe man ihn anklagte. Kein Mensch würde jemals die Anklage wagen, er habe sich Gina vom Halse geschafft.

Vielleicht Frédo. Aber der war ja als überspannt bekannt.

Noch einmal: Er hatte sich nichts zu Schulden kommen lassen, er hatte nichts zu verbergen. Wenn er von Bourges geredet hatte, dann war es aus Zartgefühl gegenüber Gina geschehen. Damals hatte er die Kassette noch nicht geöffnet und hatte noch an einen Seitensprung von einer Nacht oder zwei Tagen geglaubt. Hätte er etwa besser getan, den Leuten, die sich nach seiner Frau erkundigten, zu antworten:

»Sie liegt im Bett eines mir Unbekannten?«

Man mußte ihm glauben, wenn er versicherte, nicht aus Eitelkeit, nicht aus Furcht vor der Meinung der anderen habe er von Bourges gesprochen. Wäre er auf sein Ansehen bedacht gewesen, so hätte er Gina nicht geheiratet, die keiner wollte. Es hatte im Quartier nicht an Gelächter über ihre weiße Hochzeit gefehlt. Selbst Angèle hatte versucht, sie ihr auszureden.

»Alle meine Freundinnen haben in Weiß geheiratet«, hatte sie erwidert.

»Deine Freundinnen sind nicht du.«

»Ich weiß von keiner, die bei der Hochzeit noch Jungfrau war, wenn es das ist, was du sagen willst. Und du warst es genausowenig, als du Papa geheiratet hast.«

Was sie da von ihren Freundinnen und von ihrer Mutter sagte, mochte wahr sein. Angèle hatte übrigens nichts darauf erwidert. Nur hatten sich die andern nicht so ins Gerede gebracht.

Wenn er auch in seinem feierlichen Aufzug lächerlich gewesen war, als er mit ihr am Arm aus der

Kirche trat, er hatte darum nicht weniger stolz in die Runde geblickt.

Er war nicht eitel. Er schämte sich ihrer nicht.

Und doch hatte er soeben versucht, sich selbst zu belügen, als er sich einredete, er habe die Reise nach Bourges um ihret- und nicht um seinetwillen erfunden.

Wovor wollte er sie denn angeblich schützen, da sie selbst nie versucht hatte, ihre Abenteuer geheim zu halten? Und was die anderen betraf, so mußten sie zufrieden sein zu sehen, daß sie ihn betrog, und mußten es ihr danken.

Trotzdem hatte er geantwortet:

»Sie ist nach Bourges gefahren.«

Danach hatte er zäh daran festgehalten.

Während er zu seinem Laden zurückging, wo ein Unbekannter die Bücher in den Kästen durchblätterte, suchte er nach einer Erklärung für sein Verhalten – oder versuchte vielmehr, sich diese Erklärung einzugestehen, auch wenn sie ihm unangenehm war.

Wenn er das Bedürfnis verspürte, Gina in Schutz zu nehmen, war es im Grunde genommen nicht darum, weil er sich ihr gegenüber schuldig fühlte?

Er mochte nicht länger darüber nachdenken. Es genügte, soweit gegangen zu sein. Wenn er in dieser Richtung fortfuhr, dann würde er auf weiß Gott was für Dinge stoßen, die besser verborgen blieben.

Und übrigens wußte davon niemand etwas. Das warf man ihm nicht vor und würde es nie tun.

Getötet hatte er sie nicht. Beseitigt hatte er sie nicht. In ihrem Sinne war er nicht schuldig.

Warum betrachtete man ihn aber mit Mißtrauen? Sogar Le Bouc, der ihm am liebsten war, und den er mehr aus Freundschaft aufsuchte denn aus Lust nach einem Kaffee.

»Was kostet das?« fragte ihn der Kunde und streckte ihm dabei ein Buch über Unterwasser-Fischfang hin.

»Der Preis ist hinten angeschrieben. Hundertzwanzig Francs.«

»Hundert Francs«, schlug der andere vor.

Er wiederholte:

»Hundertzwanzig.«

Er mußte das in einem Ton gesagt haben, der an ihm unvertraut klang, denn der Mann blickte ihn erstaunt an, während er in seiner Tasche nach Geld kramte.

5

Das blaue Haus

Bis Montag ließ man ihn in Ruhe, sogar allzu sehr, begann er doch schon zu glauben, man schaffe eine Leere um ihn herum. Vielleicht wurde er überempfindlich und neigte dazu, den Leuten gar nicht vorhandene Absichten zu unterschieben?

Nachdem man ihm zwei Tage lang Nachrichten über Gina abverlangt hatte – mit einer Hartnäckigkeit, als fordere man Rechenschaft –, redete man jetzt mit ihm überhaupt nicht mehr über sie, und er schöpfte den Verdacht, seine Gesprächspartner – Le Bouc, Ancel und die anderen – vermieden es absichtlich, seine Frau auch nur zu erwähnen.

Warum hörten sie unvermittelt auf, sich für sie zu interessieren? Und falls sie wußten, wo sie war, welchen Grund hatten sie, es ihm zu verheimlichen?

Er achtete auf die kleinste Kleinigkeit. Als er zum Beispiel am Freitag bei Pépito aß, hatte ihm der Witwer so deutlich wie in früheren Zeiten zugezwinkert, während er am Tag zuvor kaum eine Braue gehoben hatte. Meinte der Bürovorsteher, Jonas sei nun endgültig zurückgekehrt und werde seine Mahlzeiten wieder Tag für Tag ihm gegenübersitzend einnehmen?

Pépito hatte sich nicht darüber gewundert, ihn

wiederzusehen, hatte ihn aber nicht nach Gina gefragt.

»Es gibt Dorsch in Rahmsauce«, verkündete er, da er wußte, daß Jonas das gern aß.

Man konnte nicht behaupten, er behandle ihn kühl; aber bestimmt verhielt er sich zurückhaltender, als es sonst seine Art war.

»Kommen Sie heute zum Abendessen?« wollte er wissen, als sich Jonas zum Weggehen erhob.

»Ich glaube nicht.«

Logischerweise hätte Pépito nun fragen müssen:

»Kommt Gina heute nachmittag nach Hause?«

Denn Pépito wußte ja nicht, warum Jonas es vorzog, wenn auch allein, zu Hause zu essen. Der Grund war der, daß er nicht mit einem Male sein Junggesellendasein gänzlich wieder aufnehmen mochte, daß er nicht alle Bande, die ihn mit jenem anderen Leben, das er gekannt hatte, durchschneiden wollte, und auch, daß es ihn ablenkte, seine Mahlzeit herzurichten und das Geschirr zu spülen.

Es war ein trübseliger Nachmittag gewesen. Durch die offene Türe drang warme Luft. Jonas hatte sich daran gemacht, einen jener Bücherposten zu sortieren und anzuschreiben, den er Dachbodenware nannte und worunter es alles mögliche gab, hauptsächlich mit einem Preis ausgezeichnete Bücher, die in verblaßter Tinte noch die Namenszüge der längst verstorbenen Preisträger trugen.

Die Kunden hatten sich nur spärlich eingestellt. Louis mit seinem Lieferdreirad war zwar am Laden vorbeigefahren, hatte auch sein Tempo verringert, aber angehalten hatte er erst vor Fernands Bar.

Um vier Uhr, als Louis weg war, ging Jonas seinen Kaffee trinken, und Le Bouc zeigte die gleiche Zurückhaltung wie am Vormittag. Dann begab er sich zu Ancel, um ein Kotelett fürs Abendessen zu kaufen. Ancel war nicht da. Jonas wurde vom Angestellten bedient, und Madame Ancel kam zum Einkassieren aus dem hinteren Raum nach vorn, ohne Fragen zu stellen.

Er speiste, räumte auf und fuhr dann bis ziemlich spät in der Nacht fort, die »Dachbodenware«, die in einer Ecke einen hohen Stoß bildete, zu inventarisieren und mit gummiertem Papier die schadhaften Bände auszubessern.

Er hielt sich im Laden auf, wo er Licht machte, dessen Türfalle er aber einschnappen ließ. Das ganze übrige Haus lag im Dunkeln. Gegen neun Uhr ging draußen eine Person hin und her, die er im Finstern nur undeutlich sah, und er hätte geschworen, daß es Angèle war.

Man spionierte. Man kam nachsehen, ob Gina heimgekehrt war, ohne ihn danach zu fragen.

Er ging um zehn Uhr zu Bett, schlief ein, und bald schon begannen die Geräusche der Marktnächte. Der Samstagsmarkt war der wichtigste, und zu gewissen Stunden waren die Wagen gezwungen, zum Parkieren auf das Trottoir zu fahren. Es war heißer als am Vortag. Die tiefgelbe Sonne war nicht mehr von der gleichen Transparenz, und gegen elf Uhr konnte man meinen, gleich werde ein Gewitter losbrechen, und man sah die Marktfrauen beunruhigt den Himmel prüfen. Es ging aber irgendwo über dem offenen Lande nieder, denn man hörte ein fernes Grollen, wonach die Wolken sich aufhellten, schließlich verschwanden und einem einheitlichen Blau Platz machten.

Er speiste wieder bei Pépito, und der Witwer mit seinem Hund war auch da. Diesmal war es Jonas, der als erster zwinkerte – wie um etwas Sympathie, eine wenn auch noch so vage Unterstützung zu finden, und Monsieur Métras antwortete mit ausdruckslosem Gesicht.

Sonntags hatte Pépito geschlossen, und Jonas machte die Runde durch die Läden, um Lebensmittel einzukaufen, wozu er Ginas Einkaufstasche aus geflochtenem Stroh mitnahm. Das Gemüse holte er nicht bei Angèle, sondern in einem Laden in der Rue Haute. Ancel war diesmal in der Metzgerei anwesend und bediente ihn selbst, ohne ihm das mindeste Scherzwort zuzuwerfen. Auch Brot mußte er einkaufen, Kaffee und Salz, all das fehlte; und für den Sonntagabend nahm er Spaghetti mit nach Hause. Das war zu Ginas Zeiten so der Brauch, weil sie rasch zubereitet waren.

Das Viereck des Vieux-Marché wurde sauber gespritzt, einige Wagen parkierten darauf, und den Abend verbrachte er wie am Vortag damit, Bücher zusammenzuflicken und hinten mit Bleistift den Preis anzuschreiben. Er hatte die Zeitung überflogen. Er hoffte nicht, darin Nachrichten über seine Frau zu finden – wünschte es auch nicht, denn es wären schlechte Nachrichten gewesen. Trotzdem war er enttäuscht.

Schon die vierte Nacht schlief er jetzt allein, und da er zeitig zu Bett ging, hörte er die Nachbarn aus dem Kino heimkommen; am folgenden Morgen hörte er dann noch vor dem Aufstehen andere, vor allem Frauen, die ihre Schritte bereits der Kirche Sainte-Cécile entgegenlenkten.

Seit seiner Verheiratung mit Gina ging er jeden Sonntag mit ihr zur Messe, und zwar immer um zehn Uhr ins Hochamt, und für diesen Anlaß pflegte sie sich fein zu machen und trug zur Sommerszeit ein blaues Jackenkleid mit Hut und weißen Handschuhen.

Als sich die Frage der Eheschließung stellte, hatte er verstanden, daß sich so etwas nach Ansicht der Palestris in der Kirche abspielen mußte.

Bis dahin hatte er sie nie betreten, außer anläßlich einiger Beerdigungen, hatte keinerlei religiöse Riten befolgt, es sei denn – bis zur Abreise seiner Mutter – die israelitischen.

Er hatte nicht gesagt, daß er Jude war, hatte es aber auch nicht verborgen. Sobald die Entscheidung gefallen war, hatte er den Pfarrer von Sainte-Cécile aufgesucht, Abbé Grimault, und hatte um die Taufe gebeten.

Drei Wochen lang nahm er fast jeden Abend im Pfarrhaus Katechismusstunden; in einem kleinen Sprechzimmer, an einem runden Tisch, der mit einem karminroten Plüschtuch mit Troddeln bedeckt war. Es herrschte darin ein zugleich fader und aufdringlicher Geruch, den Jonas nie zuvor kennengelernt hatte und den er auch nirgends sonst wieder antraf.

Während er wie in der Schule aufsagte, zog Abbé Grimault, der in einem Bauernhaus des Charolais zur Welt gekommen war, an seiner Zigarre und blickte dabei ins Leere, was ihn nicht hinderte, seinen Schüler zu tadeln, sobald sich dieser irrte.

Jonas hatte um Diskretion gebeten, und der Pfarrer hatte dafür Verständnis gehabt. Immerhin mußten ein Pate und eine Patin gefunden werden. Justine, die Magd des Pfarrers, und der alte Joseph, der Sakristan, Graveur seines Zeichens, übernahmen diese Funktionen, und Jonas machte beiden ein schönes Geschenk. Ein weiteres machte er der Kirche. Er hatte Schepilow geschrieben, daß er sich verheirate, hatte aber weder die Taufe noch die religiöse Zeremonie zu erwähnen gewagt.

Es hatte ihm Freude gemacht, Christ zu werden; nicht nur wegen der Heirat, sondern weil ihn das den Bewohnern des Vieux-Marché noch näher brachte, die fast alle zur Kirche gingen. Anfangs hatte er sich etwas steif benommen und seine Kniebeugen oder Bekreuzigungen zur Unzeit gemacht; dann hatte er sich daran gewöhnt, und Gina und er nahmen jeden Sonntag dieselben Plätze am Rand einer Reihe ein.

An diesem Sonntag ging er wie an allen andern zur Messe, nur war es das erste Mal, daß er allein ging. Als er seinen Platz aufsuchte, schien es ihm, daß man ihn mit Blicken verfolge und daß sich manche mit den Ellenbogen anstießen.

Er betete nicht, denn er hatte nie wirklich gebetet; er wollte aber eigentlich gern, und wie er so den tanzenden Kerzenflämmchen zuschaute und den Weihrauchduft einatmete, dachte er an Gina und auch an seine Schwester Dussja, von der er nicht einmal wußte, wie sie aussah.

Nach dem Gottesdienst bildeten sich Gruppen auf dem Vorhof, und eine Viertelstunde lang blieb der Platz belebt. Die Sonntagskleider gaben ihm eine fröhliche Note. Dann leerten sich die Trottoirs nach und nach, und während des ganzen übrigen Tages war dort praktisch niemand zu sehen.

Am Mittag schloß Ancel, der sonntagvormittags arbeitete, seine Fensterläden. Alle andern Läden am Platz waren bereits heruntergelassen, mit Ausnahme jener der Bäckerei und Konditorei, die um halb ein Uhr schloß.

Der Sonntag war für Jonas und seine Frau der »Hoftag«. Das bedeutet, daß sie sich bei schönem Wetter im Hinterhof aufhielten, falls sie nicht ausgingen. Zur Sommerszeit war es wegen der schlechten Belüftung wirklich fast unmöglich, im Laden zu bleiben, ohne dessen Tür aufzusperren, und wenn die Türe offen blieb, meinten die Vorübergehenden, sie hielten sich nicht an die Sonntagsruhe.

Nicht nur den Nachmittag verbrachten sie im Hof, sie aßen auch schon zu Mittag unter dem Ast des Lindenbaums, der über die Mauer der Chaignes herüberhing und ihnen Schatten spendete. Eine Weinrebe lief dieser Mauer entlang, alt und knorrig, die Blätter vom Brenner gefleckt; sie brachte aber doch alljährlich einige Trauben saurer Beeren hervor.

Sie hatten versucht, eine Katze zu halten. Sie hatten mehrere gehabt. Alle hatten sich aus unerfindlichen Gründen anderswo ein Quartier gesucht. Hunde mochte Gina nicht. Eigentlich mochte sie überhaupt keine Tiere, und wenn sie über Land spazierten, beobachtete sie die Kühe schon von weitem mit wenig vertrauensvollem Blick.

Sie mochte auch das Land nicht, und auch nicht das Spazierengehen. Sie hatte sich stets geweigert, schwimmen zu lernen. Sie fühlte sich nur dann in ihrem Element, wenn ihre sehr hohen Absätze den gleichmäßigen und harten Boden eines Trottoirs klopften, und auch dann noch grauste es ihr vor stillen Straßen wie etwa jener, in der Clémence wohnte; sie brauchte Leben, Lärm und das buntscheckige Schauspiel der Auslagen.

Wenn sie ein Glas trinken gingen, wählten sie nicht die geräumigen Cafés an der Place de l'Hôtel de Ville oder an der Place du Théâtre, sondern Bars mit Musikautomaten.

Er hatte ihr einen Radioapparat gekauft, und sonntags nahm sie ihn in den Hof hinaus, wobei sie sich eines Verlängerungskabels bedienen mußte, um ihn an die Steckdose in der Küche anschließen zu können.

Sie nähte kaum, sondern begnügte sich damit, Kleider und Wäsche mehr oder minder instand zu halten, und oft fehlte ein Knopf an ihrer Hemdbluse, und gut die Hälfte ihrer Slips hatten Löcher.

Beim Lesen hörte sie Musik und rauchte Zigaretten, und es kam vor, daß sie am heiterhellen Nachmittag ins Schlafzimmer hinaufstieg, das Kleid abstreifte und sich auf der Bettdecke ausstreckte.

Auch er las an diesem Sonntag in einem eisernen Klappstuhl, den er als Gelegenheitskauf für den Hof angeschafft hatte. Zweimal ging er in den Laden hinein, um ein anderes Buch zu holen, und ließ sich zu guter Letzt von einem Werk über das Leben der Spinnen fesseln. In einem Winkel saß eine, die er seit langem kannte, und nun hob er die Augen, um sie mit neuem Interesse zu beobachten, wie einer, der soeben eine Entdeckung gemacht hat.

Die Post vom Vortag und vom Freitag hatte ihm keinerlei Nachricht über Gina gebracht. Er hatte gehofft, wenn auch ohne Glauben, sie werde ihm vielleicht eine Zeile schicken, und er gab sich jetzt Rechenschaft, wie lächerlich diese Vorstellung gewesen war.

Von Zeit zu Zeit legten sich seine Gedanken, ohne daß dies seine Lektüre unterbrochen hätte, über den gedruckten Text, dessen Faden er jedoch nicht verlor. Zwar handelte es sich nicht um klare und zusammenhängende Gedanken. Bilder kamen ihm in den Sinn, wie etwa das Bild Angèles; dann – gleich danach und ohne Grund – stellte er sich Gina vor, wie sie in einem Hotelzimmer nackt auf einem Eisenbett lag.

Warum auf einem Eisenbett? Und warum weiß getünchte Wände rund herum, wie auf dem Land?

Es war unwahrscheinlich, daß sie sich aufs Land

geflüchtet hatte, das sie so verabscheute. Sie war bestimmt nicht allein. Seit dem Mittwochabend ihres Verschwindens mußte sie sich Wäsche gekauft haben, es sei denn, sie begnügte sich, abends ihren Slip und ihren Büstenhalter zu waschen und sie morgens ungeplättet wieder anzuziehen.

Clémence, ihr Gatte und Poupou mußten bei den Ancels sein, wo sich sonntags die ganze Familie zu versammeln pflegte und wo Martine, die jüngste Tochter, jeweils auf dem Klavier spielte. Sie besaßen einen sehr großen Hof mit jenem Schopf im Hintergrund, von dem Gina erzählt hatte. Sie hatte ihm nicht gesagt, ob sie es mit dem Metzger getrieben hatte. Es war wahrscheinlich; aber ebenso wahrscheinlich war es, daß es Ancel nicht gewagt hatte, bis zum äußersten zu gehen.

Zweimal im Verlaufe des Nachmittags glaubte er das Klavier zu hören, dessen Klänge bei einer gewissen Windrichtung bis in seinen Hof dringen konnten.

Die Chaignes besaßen ein Auto und waren sonntags nicht zu Hause. Angèle verschlief den ganzen Nachmittag, während Louis in einem marineblauen Anzug kegeln ging und erst zurückkam, wenn er die Runde durch sämtliche Cafés der Stadt gemacht hatte.

Womit verbrachte ein Bursche wie Frédo seine Zeit? Jonas wußte darüber nichts. Er war das einzige Familienglied, das nicht zur Messe ging, und er blieb den ganzen Tag unsichtbar.

Ein paar alte Frauen kamen um fünf Uhr vorbei

und begaben sich zur Andacht, und die Glocken läuteten ein Weilchen. Le Boucs Bar blieb geschlossen. Jonas hatte sich selbst Kaffee gemacht, und da er ein bißchen Hunger verspürte, knabberte er ein Stückchen Käse.

Anderes hatte sich nicht ereignet. Er hatte sein Abendbrot gegessen, und da ihm nicht nach Arbeit zumute war, las er sein Buch über die Spinnen zu Ende. Weil es dann erst neun Uhr war, ging er etwas spazieren, wobei er die Türe hinter sich verschloß. Er gelangte zu dem schmalen Kanal, wo sich eine Zugbrücke schwarz vor dem mondhellen Himmel abzeichnete. Zwei schmale Schleppkähne, wie sie für die Region des Berry typisch sind, waren am Kai festgemacht, und rundherum zogen Kreise über die Wasseroberfläche.

Er kam in der Rue des Deux-Ponts am Haus von Clémence vorbei, und diesmal brannte im ersten Stock Licht. Wußte Clémence etwas, was Gina betraf? Und selbst wenn sie etwas wüßte, ihm würde sie nichts sagen. Er blieb nicht stehen, wie er versucht war, sondern ging im Gegenteil rasch vorüber, denn das Fenster stand offen, und Reverdi schritt hemdärmelig und immerzu redend hin und her.

Je näher er seinem eigenen Heim kam, um so stärker empfand er eine Art Unbehagen, das ihm die heruntergelassenen Fensterläden, die verlassenen Trottoirs in den Straßen, die Stille überhaupt einflößten, und er ertappte sich dabei, wie er den Schritt beschleunigte, um irgendeiner unbestimmten Drohung zu entfliehen.

Spürten andere – etwa Gina – die gleiche Angst und stürzten sich darum in die grell erhellten Bars, wo sie ein Getöse von Stimmen und Musik fanden?

Solche Bars konnte er von weitem sehen, im zweiten Teil der Rue Haute gegen das Luxor zu, und undeutlich nahm er den Mauern entlang Paare wahr.

Er schlief schlecht, immer mit dem Gefühl einer Bedrohung, die ihn bis in die Schlafkammer verfolgte. Sobald er seine Brille abgesetzt und den Lichtschalter gedreht hatte, war aus seinem Gedächtnis eine Erinnerung emporgeschossen, die nicht einmal so ganz eine persönliche Erinnerung war, denn die Zeit hatte die Bruchstücke des Gesehenen und Gehörten mit dem vermengt, was man ihm in der Folge erzählt hatte.

Er war noch keine sechs Jahre alt gewesen, als sich das Drama abspielte, und seither hatte sich in der Stadt nichts Sensationelles mehr ereignet bis zum Hold-up Marcels.

Da er 1916 geboren worden war, mußte es 1922 gewesen und er eben erst in die Schule eingetreten sein. Es war wohl November. Das Blaue Haus stand bereits. Es hieß so, weil seine Fassade von oben bis unten hellblau gestrichen war.

Es hatte sich seither nicht verändert. Von einem spitzen Giebel gekrönt, erhob es sich an der Ecke, die die Rue des Prémontrés mit dem Platz bildete, gleich neben der Metzgerei Ancel, zwei Häuser von dem Fischladen entfernt, wo Jonas damals zu Hause war.

Auch am Firmenschild hatte sich nichts geändert. In Lettern von etwas dunklerem Blau als dem der Fassade war zu lesen: »Zum Blauen Haus«. Dann in kleineren Buchstaben: »Kinderkleider. Spezialität Babywäsche.«

Die Frau, die jetzt die Witwe Lentin war, hatte zu jener Zeit noch ihren Gatten: einen blonden Mann mit langem Schnurrbart, der unregelmäßig außer Haus arbeitete, während seine Frau den Laden führte.

Phasenweise sah man ihn den ganzen Tag auf einem Stuhl auf dem Trottoir sitzen, und Jonas erinnerte sich an einen Satz, den er damals oft zu hören bekam:

»Der Lentin hat seine Krise.«

Gustave Lentin hatte den Tongking-Feldzug mitgemacht – ein Ausdruck, der Jonas zum erstenmal im Zusammenhang mit ihm zu Ohren kam und der ihm schrecklich schien. Er hatte sich dort das Fieber geholt, wie die Leute am Vieux-Marché sich ausdrückten. Wochenlang war er ein Mensch wie jeder andere, aber stets mit einem etwas verdrossenen, einem etwas scheuen Blick, und war unternehmungslustig. Dann erfuhr man, er sei bettlägerig, »bedeckt von eiskaltem Schweiß und an allen Gliedern schlotternd, die Zähne aufeinandergebissen wie bei einem Toten.«

Diesen Satz hatte Jonas nicht erfunden. Er wußte nicht mehr, von wem er ihn gehört hatte, aber er blieb in seinem Gedächtnis eingegraben. Der seither verstorbene, bärtige Doktor Lourel kam ihn täglich zweimal besuchen, eilenden Schritts, die abgewetzte Ledertasche in der Hand; Jonas beobachtete vom gegenüberliegenden Trottoir aus angespannt die Fenster und fragte sich, ob Lentin im Sterben liege.

Wenige Tage danach erschien er wieder, ausgemergelt, mit traurigen und leeren Augen. Seine Frau half ihm, sich auf einen Stuhl neben die Schwelle zu setzen, und rückte ihn im Laufe des Tages weiter, je nach der Stellung der Sonne.

Der Laden gehörte nicht Lentin, sondern seinen Schwiegereltern, den Arnauds, die ebenfalls im Hause wohnten. Madame Arnaud blieb Jonas als eine fast kugelige Frau im Gedächtnis, deren weiße Haare nach hinten gezerrt und so schütter waren, daß sie das Rosarot des Schädels sehen ließen.

An ihren Gatten erinnerte er sich nicht.

Aber er hatte den Auflauf gesehen, eines Morgens, als er eben zur Schule gehen wollte. Es war ein windiger Tag gewesen. Es war ein Markttag. Eine Ambulanz und zwei andere, schwarze Wagen hielten vor dem Blauen Haus, und die Menge drängte so sehr, daß man an einen Aufruhr hätte glauben können, hätte nicht dieses bedrückende Schweigen geherrscht.

Obwohl ihn seine Mutter fortzog und ihm hinterher versicherte, er habe ja nichts sehen können, war er doch überzeugt, auch heute noch, daß er auf einer Bahre, getragen von zwei Krankenwärtern in weißen Blusen, einen Mann mit durchschnittener Kehle wahrgenommen hatte. Im Innern des Hauses schrie eine Frau wie – er war dessen sicher – Verrückte schreien mußten.

»Du bildest dir ein, du habest etwas gesehen, was man dir später erzählt hat.«

Das war möglich; aber es fiel ihm schwer zuzugeben, daß dieses Bild nicht in Wirklichkeit vor seinen Kinderaugen gestanden habe.

Lentin litt darunter, so hatte man erfahren, daß er sich im Hause seiner Schwiegereltern als ein nutzloser Mitesser vorkam. Mehrere Male habe er verlauten lassen, daß es so nicht weitergehen könne, und man hatte daher an einen Selbstmord gedacht. Er wurde überwacht. Es kam vor, daß ihm seine Frau auf der Straße von weitem folgte.

In jener Nacht hatte er sie nicht geweckt, obwohl ihn das Fieber quälte. Sie war wie üblich als erste hinuntergegangen und hatte geglaubt, er sei ruhig; und dann hatte er mit einem Rasiermesser in der Hand lautlos das Schlafzimmer seiner Schwiegereltern betreten und ihnen die Kehle durchschnitten, nacheinander, wie er es die Soldaten in Tongking hatte tun sehen und wie er es dort vielleicht selbst getan hatte.

Nur die alte Madame Arnaud hatte Zeit gehabt zu schreien. Ihre Tochter war die Treppe hinaufgestürzt; aber als sie vor der offenen Türe ankam, hatte ihr Gatte sein Werk vollbracht, und mitten im Zimmer stehend und sie mit »irrem Blick« anstarrend, hatte er sich seinerseits die Halsschlagader durchtrennt.

Madame Lentin war jetzt ganz weiß, schmächtig,

ihr Haar ebenso spärlich, wie es bei ihrer Mutter gewesen war, und sie verkaufte weiterhin Babywäsche und Kinderkleidchen.

Warum war Jonas unmittelbar vor dem Einschlafen dieses Drama in den Sinn gekommen? Weil er vorhin am Blauen Haus vorbeigekommen war und hinter dem Vorhang einen Schatten geahnt hatte?

Es raubte ihm die Ruhe. Er bemühte sich, anderlei zu denken. Da er nach einer halben Stunde noch immer keinen Schlaf fand, stand er auf, um eine Tablette Gardenal einzunehmen. Er nahm gleich zwei, und sie taten ihre Wirkung fast unmittelbar. Nur daß er gegen vier Uhr in der Stille des Morgengrauens erwachte und mit offenen Augen dalag, bis es Zeit zum Aufstehen war.

Er fühlte sich zerschlagen und unruhig. Fast wäre er nicht zur Bäckerei gegangen, um seine Croissants zu holen, denn er hatte keinen Hunger. Aber er auferlegte sich diesen Gang als eine disziplinarische Übung und überquerte den menschenleeren Platz. Er nahm Angèle wahr, die ihre Körbe auf dem Trottoir aufstellte. Sah sie ihn? Tat sie, als ob sie ihn nicht sähe?

»Drei?«, fragte ihn die Bäckerin, schon daran gewöhnt.

Das ärgerte ihn. Er hatte den Eindruck, daß man ihn ausspioniere und, vor allem, daß den andern Dinge bekannt waren, die er nicht wußte. Ancel, die Zigarette zwischen den Lippen, lud Ochsenviertel ab, ohne darunter den Rücken zu beugen, und dabei war er fünf oder sechs Jahre älter als Jonas.

Er frühstückte, stellte die Bücherkästen vor die Tür und beschloß, mit der »Dachbodenware« fertig zu machen, ehe er die Kammer droben aufräumte. Um halb zehn Uhr war er noch immer an der Arbeit; er forschte in einer Bibliographie nach, ob ein aus dem Leim gegangener Maupassant, den er in dem Stoß gefunden hatte, nicht am Ende eine Originalausgabe sei.

Jemand trat ein, und er hob nicht gleich den Blick. Die Silhouette verriet ihm, es sei ein Mann, und dieser besah sich mit Muße die Bücher in einem Gestell.

Als er ihn schließlich ins Auge faßte, erkannte Jonas den Polizeiinspektor Basquin, dem er hin und wieder Bücher verkauft hatte.

»Verzeihung«, stotterte er. »Ich war damit beschäftigt . . .«

»Wie geht es Ihnen, Monsieur Jonas?«

»Gut. Es geht mir gut.«

Er hätte geschworen, daß Basquin heute morgen nicht gekommen war, um ihm ein Buch abzukaufen, auch wenn er jetzt eines in der Hand hielt.

»Und Gina?«

Er wurde rot. Das ließ sich nicht vermeiden. Er errötete um so heftiger, als er sich dagegen zu wehren suchte, und er spürte, wie seine Ohren glühten.

»Ich nehme an, es geht ihr ebenfalls gut.«

Basquin war drei oder vier Jahre jünger als er und war jenseits des Kanals geboren, in einer Gruppe von fünf oder sechs Häusern bei der Ziegelei. Man sah ihn ziemlich oft auf dem Markt, und wenn sich bei einem Händler ein Diebstahl ereignete, war es fast immer er, der sich der Sache annahm.

»Sie ist nicht da?«

Er zögerte, verneinte zunächst und sagte dann wie einer, der ins Wasser springt, in einem einzigen Atemzug:

»Sie ist am Mittwochabend weggegangen und hat mir gesagt, sie gehe Clémence, der Tochter Ancels, das Kind hüten. Seither ist sie nicht wieder heimgekommen, und ich bin ohne Nachricht von ihr.«

Es erleichterte ihn, der Wahrheit endlich freien Lauf zu lassen, ein für allemal die Fabel von der Reise nach Bourges, die auf ihm lastete, abzuschütteln. Basquin hatte ein ehrliches Gesicht. Jonas hatte sagen hören, er habe fünf Kinder, eine hellblonde Frau, die leidend aussehe, in Wirklichkeit aber zäher sei als manche dem Anschein nach kräftige Frau.

So geschah es am Vieux-Marché, daß man über Leute Bescheid wußte, die man nie gesehen hatte – aus Gesprächsfetzen, die man links und rechts aufschnappte. Jonas kannte Madame Basquin nicht, welche ein neues Häuschen am Rande der Stadt bewohnte; es war aber möglich, daß er sie schon bei Einkäufen gesehen hatte, ohne zu wissen, wer sie war.

Der Inspektor sah nicht so aus, als wolle er Jonas eine Falle stellen. Er war entspannt, ungezwungen, stand beim Ladentisch, sein Buch in der Hand, wie ein Kunde, der vom Regen oder vom schönen Wetter spricht.

»Hat sie Gepäck mitgenommen?«

»Nein. Ihr Koffer steht oben.«

»Und ihre Kleider, ihre Wäsche?«

»Sie hatte nur ihr rotes Kleid an.«

»Keinen Mantel?«

Bewies dieses Wort nicht, daß Basquin mehr wußte, als er zeigen wollte? Warum hätte er sonst an den Mantel gedacht? Frédo freilich hatte an ihn gedacht, aber erst, nachdem er das Schlafzimmer durchstöbert hatte.

Wies das darauf hin, daß Frédo die Polizei alarmiert hatte?

»Ihre beiden Mäntel hängen noch im Schrank.«

»Hatte sie Geld bei sich?«

»Falls sie welches hatte, kann es nicht viel gewesen sein.«

Das Herz pochte ihm in der zusammengeschnürten Brust; es machte ihm Mühe, mit natürlicher Stimme zu sprechen.

»Sie haben keine Ahnung, wohin sie gegangen sein könnte?«

»Keine Ahnung, Monsieur Basquin. Um halb ein Uhr nachts an jenem Mittwoch war ich so unruhig, daß ich zu Clémence gelaufen bin.«

»Was hat sie Ihnen gesagt?«

»Ich bin nicht hineingegangen. Es brannte kein Licht. Ich dachte, sie schliefen wohl schon, und ich wollte nicht stören. Ich habe gehofft, Gina sei auf einem andern Weg bereits zurückgekommen.«

»Sie sind niemandem begegnet?«

Diese Frage erschreckte ihn am meisten, denn er

verstand, daß man ihn nach einem Alibi fragte. Er suchte verzweifelt in seinem Gedächtnis, dann gab er entmutigt zu:

»Nein. Ich glaube nicht.«

Eine Erinnerung tauchte auf:

»Ich habe die Stimmen eines Paares gehört, in der Rue de Bourges, aber ich habe niemanden sehen können.«

»Sie haben keinen Passanten gekreuzt, weder auf dem Hin- noch auf dem Rückweg?«

»Ich weiß nicht mehr. Ich hatte nur meine Frau im Kopf. Ich habe auf nichts anderes geachtet.«

»Versuchen Sie, sich zu erinnern.«

»Ich versuch's.«

»Vielleicht hat sie jemand aus einem Fenster vorbeigehen sehen.«

Er triumphierte.

»An der Ecke der Rue des Prémontrés und der Rue des Deux-Ponts war ein Fenster erleuchtet.«

»Bei wem?«

»Ich weiß nicht, aber ich könnte Ihnen das Haus zeigen.«

»War das Fenster offen?«

»Nein. Ich glaube nicht. Der Laden war heruntergelassen. Ich dachte sogar, vielleicht sei jemand krank.«

»Warum krank?«

»Ohne besonderen Grund. Es war alles so still.«

Basquin beobachtete ihn ernst, ohne Strenge, ohne Abneigung. Jonas seinerseits fand es natürlich, daß er seine Pflicht tat, und zog ihn jedem andern vor. Der Inspektor würde ihn bestimmt verstehen.

»Es ist schon vorgekommen, daß Gina...«, begann er verlegen.

»Ich weiß. Aber sie ist noch nie vier Tage weggeblieben, nicht wahr? Und es gab immer einen, der wußte, wo sie war.«

Was wollte er damit sagen? Hieß das, daß Gina gewisse Leute auf dem laufenden hielt, wenn sie einen Seitensprung machte – ihren Bruder, zum Beispiel, oder eine ihrer Freundinnen, wie Clémence? Basquin hatte diesen Satz nicht ins Leere hinausgeredet. Er wußte, was er sagte, wußte offenbar mehr als Jonas.

»Haben Sie sich an jenem Mittwoch gestritten?«

»Wir haben uns nie gestritten, das kann ich beschwören.«

Madame Lallemand, die Mutter der jungen Invaliden, trat ein, um ihre zwei Bücher zu tauschen, und das Gespräch blieb in der Schwebe. Waren ihr Gerüchte zu Ohren gekommen? Sie machte den Eindruck, als kenne sie den Inspektor, jedenfalls als wisse sie, wer er sei, denn sie schien verlegen und sagte:

»Geben Sie mir einfach irgend etwas von der gleichen Art.«

Hatte sie begriffen, daß der Buchhändler einem richtigen Verhör unterzogen wurde? Sie ging überstürzt weiter, wie jemand, der sich unerwünscht vorkommt, und unterdessen hatte Basquin sein Buch wieder in das Gestell eingeordnet und sich eine Zigarette angezündet.

»Nicht einmal«, so knüpfte er wieder an, »wenn sie die Nacht außer Haus verbracht hatte?«

Jonas sagte mit Nachdruck:

»Nicht einmal dann. Ich habe ihr kein einziges Mal einen Vorwurf gemacht.«

Er sah den Polizisten die Stirn runzeln und verstand, daß das schwer zu glauben war. Und doch sagte er die Wahrheit.

»Soll ich annehmen, das habe Sie gleichgültig gelassen?«

»Es hat mir Kummer gemacht.«

»Und Sie haben sich bemüht, es ihr nicht zu zeigen?«

Es war echte Wißbegierde, die vielleicht nichts Berufliches an sich hatte, was er in Basquins Augen las, und er hätte ihm gern den tiefsten Grund seines Denkens faßlich gemacht. Sein Gesicht bedeckte sich mit Schweiß, und seine Brillengläser liefen an.

»Ich brauchte es ihr nicht zu zeigen. Sie wußte es. In Wirklichkeit schämte sie sich; aber um nichts in der Welt hätte sie es sich anmerken lassen.«

»Gina schämte sich?«

Er hob den Kopf und schrie fast, so sicher war er, im Besitz der Wahrheit zu sein:

»Ja! Und es wäre grausam gewesen, diese Scham zu vergrößern. Es hätte keinen Sinn gehabt. Verstehen Sie? Sie konnte nicht anders. Es lag in ihrer Natur . . .«

Verblüfft schaute der Inspektor zu, wie Jonas sprach, und einen Augenblick schöpfte dieser Hoffnung, er habe ihn überzeugt.

»Ich hatte gar kein Recht, ihr Vorwürfe zu machen.«

»Sie sind immerhin ihr Gatte.«

Er seufzte müde:

»Freilich . . .«

Er spürte, daß er zu früh gehofft hatte.

»Wie oft ist es denn in den zwei Jahren vorgekommen? Zwei Jahre sind es doch, daß Sie verheiratet sind, nicht wahr?«

»Letzten Monat waren es zwei Jahre. Ich habe nicht gezählt, wie oft.«

Das stimmte nicht ganz. In wenigen Augenblicken wäre es ihm eingefallen; aber es war ohne Belang, und die Frage erinnerte ihn an jene, die der Priester im Beichtstuhl stellt.

»Das letzte Mal?«

»Vor einem halben Jahr.«

»Wußten Sie, mit wem?«

Wieder hob er die Stimme:

»Nein! Nein! Warum hätte ich es in Erfahrung bringen sollen?«

Wozu hätte die Kenntnis des Mannes, mit dem Gina geschlafen hatte, gut sein sollen? Dazu, ihm noch genauere Bilder in den Kopf zu setzen und noch mehr zu leiden?

»Lieben Sie sie?«

Er antwortete fast tonlos:

»Ja.«

Es widerstrebte ihm, davon zu sprechen, denn das betraf nur ihn.

»Kurz, Sie lieben sie, sind aber nicht eifersüchtig?«

Das war keine Frage gewesen. Das war eine Schlußfolgerung, und er ging nicht mehr darauf ein. Er hatte den Mut verloren. Hier stieß er nicht auf die mehr oder weniger ausgeprägte Kälte der Leute am Markt, sondern auf das Räsonnieren eines Mannes, der von Berufs wegen verstehen müßte.

»Sie sind sicher, daß Gina das Haus am Mittwochabend verlassen hat?«

»Ja.«

»Um wieviel Uhr?«

»Gleich nach dem Abendbrot. Sie hat noch das Geschirr gespült, hat aber sogar die Pfanne vergessen und mir mitgeteilt, sie gehe zu den Reverdis.«

»Ist sie ins Schlafzimmer hinaufgegangen?«

»Ich glaube. Ja.«

»Sie sind nicht sicher?«

»Doch. Jetzt erinnere ich mich.«

»Ist sie lange oben geblieben?«

»Nicht sehr lange.«

»Haben Sie sie zur Tür begleitet?«

»Ja.«

»Haben Sie gesehen, in welcher Richtung sie davonging?«

»Zur Rue des Prémontrés.«

Er sah wieder den roten Fleck des Kleids im Grau der Straße.

»Sie sind sicher, daß Ihre Frau die Nacht vom

Mittwoch auf den Donnerstag nicht hier verbracht hat?«

Er wurde wieder rot, als er sagte:

»Ich bin dessen gewiß.«

Schon wollte er den Mund öffnen, um zu erklären; denn er war gescheit genug, um vorauszusehen, was nun folgen würde. Aber Basquin war rascher als er.

»Und doch haben Sie Ihrem Schwiegervater gegenüber behauptet, sie habe am Donnerstagmorgen den Sieben-Uhr-zehn-Bus nach Bourges genommen.«

»Ich weiß. Das war falsch.«

»Sie haben gelogen?«

»Eine Lüge war es eigentlich nicht.«

»Sie haben es verschiedenen Leuten gegenüber wiederholt und mit Einzelheiten ausgeführt.«

»Ich will es Ihnen erklären...«

»Antworten Sie zunächst auf meine Frage: Hatten Sie einen Grund, Palestri zu verheimlichen, daß seine Tochter am Mittwochabend fortgegangen war?«

»Nein.«

Er hatte keinen besonderen Grund, es Louis zu verheimlichen, und übrigens hatte es so gar nicht angefangen. Wenn man ihm nur Zeit ließe, die Geschichte zu erzählen, wie sie sich zugetragen hatte, gäbe es die Möglichkeit, einander zu verstehen.

»Sie geben zu, daß Palestri über das Benehmen seiner Tochter auf dem laufenden war?«

»Ich glaube...Ja...«

»Auch Angèle...Sie hat daraus übrigens kein Geheimnis gemacht...«

Man hätte vor Ohnmacht weinen mögen.

»Sie mögen behaupten, Gina habe sich geschämt. Sie hat jedenfalls nie versucht, sich zu verstecken, ganz im Gegenteil.«

»Das ist nicht das gleiche. Es handelt sich nicht um diese Art von Scham.«

»Um welche dann?«

Er war versucht, aufzugeben – aus Müdigkeit. Da saßen sie sich gegenüber, zwei intelligente Menschen; aber sie redeten nicht die gleiche Sprache, und sie bewegten sich auf verschiedenen Ebenen.

»Was man von ihr sagte, war ihr gleichgültig. Aber . . .«

Er wollte erklären, daß sie sich vor sich selbst schämte, aber man ließ ihm nicht die Möglichkeit dazu.

»Und Ihnen: War es Ihnen auch gleichgültig?«

»Aber ja!«

Seine Worte waren rascher als sein Denken. Was er sagte, war wahr und falsch zugleich. Er spürte vor allem, daß es dem widersprach, was ihm noch zu erklären blieb.

»Dann hatten Sie also keinerlei Grund zu verheimlichen, daß sie fortgegangen war?«

»Ich habe es auch nicht verheimlicht.«

Seine Kehle wurde trocken, seine Augen brannten.

»Was für einen Unterschied machte es denn aus«, fuhr Basquin fort, ohne ihm Zeit zu einer Verbesserung zu lassen, »ob sie am Mittwochabend oder am Donnerstagmorgen fortgegangen war?«

»Eben.«

»Eben was?«

»Es macht keinen Unterschied. Das beweist, daß ich nicht wirklich gelogen habe.«

»Als Sie sagten, Ihre Frau habe den Sieben-Uhr-zehn-Bus genommen, um in Bourges die Loute zu besuchen? Und als Sie es mindestens sechs Personen gegenüber wiederholten, darunter Ihrer Schwiegermutter?«

»Hören Sie, Monsieur Basquin . . .«

»Ich will ja nichts anderes als hören.«

So war es. Er versuchte zu verstehen, aber an Jonas' Verhalten war dann doch etwas, was ihn irritierte. Dieser merkte es, und das machte ihn erst recht wehrlos. Wie in den vergangenen Tagen bei Le Bouc gab es eine Mauer zwischen seinem Gesprächspartner und ihm, und er begann sich zu fragen, ob er ein Mensch wie die andern sei.

»Ich hoffte, Gina werde am Donnerstag im Verlauf des Vormittags heimkommen.«

»Warum?«

»Weil sie in den meisten Fällen nur über Nacht weggeblieben war.«

Es tat ihm weh, das zu sagen, aber er war bereit, auch mehr zu ertragen, wenn man ihn nur in Frieden ließ.

»Als ich sah, daß sie nicht kam, habe ich mir gesagt, sie werde halt im Verlauf des Tages zurückkommen, und ich habe getan, als sei nichts geschehen.«

»Warum?«

»Weil es nicht die Mühe wert war . . .«

Hätte ein anderer anders gehandelt? Er mußte die Gelegenheit, daß man ihn zu Wort kommen ließ, nützen:

»Um zehn Uhr bin ich, wie jeden Tag, zu Le Bouc gegangen.«

»Und dort haben Sie verkündet, Ihre Frau sei mit dem Morgenbus nach Bourges gefahren, um ihre Freundin zu besuchen.«

Jonas wurde wütend, schlug auf den Tisch und schrie heftig:

»Nein!«

»Sie hätten das nicht gesagt – in Gegenwart von fünf oder sechs Zeugen?«

»Aber doch nicht so! Das ist nicht das gleiche. Le Bouc hat mich gefragt, wie es Gina gehe, und ich habe ihm geantwortet, es gehe ihr gut. Ancel, der neben mir stand, kann Ihnen das bestätigen. Ich glaube, es war Fernand, der dann bemerkte, man habe sie am Morgen nicht auf dem Markt gesehen.«

»Wo liegt der Unterschied?«

»Warten Sie!«, flehte er. »Erst dann habe ich gesagt, sie sei nach Bourges gefahren.«

»Warum?«

»Um ihre Abwesenheit zu erklären und um ihr Zeit zur Heimkehr zu lassen, ohne daß es Geschichten gab.«

»Vorhin haben Sie gesagt, das sei ihr gleichgültig.«

Er zuckte die Achseln. Zweifellos hatte er das gesagt.

»Und Ihnen sei es auch gleichgültig . . .«

»Nehmen wir an, ich sei überrumpelt worden. Ich

befand mich in einer Bar, mit Bekannten rund herum, und da fragt man mich, wo meine Frau sei.«

»Hat man Sie gefragt, *wo* sie sei?«

»Man hat bemerkt, man habe sie nicht gesehen. Und ich habe erklärt, sie sei in Bourges.«

»Warum in Bourges?«

»Weil sie dort von Zeit zu Zeit hinfuhr.«

»Und warum die Erwähnung des Sieben-Uhr-zehn-Busses?«

»Weil mir einfiel, daß es ja keinen Abendkurs nach Bourges gibt.«

»Sie haben wirklich an alles gedacht.«

»Zufällig habe ich daran gedacht.«

»Und an die Loute?«

»Ich glaube, ich habe gar nicht als erster von ihr gesprochen. Wenn meine Erinnerung mich nicht täuscht, war es Le Bouc, der sagte: ›Ist sie die Loute besuchen gegangen?‹ Jedermann weiß ja, daß die Loute in Bourges lebt und daß Gina und sie befreundet sind.«

»Merkwürdig!«, brummte Basquin und blickte ihn dabei aufmerksamer an als je.

»Es ist alles ganz einfach«, antwortete Jonas und bemühte sich zu lächeln.

»Vielleicht ist es doch nicht ganz so einfach.«

Und diese Worte sprach der Inspektor in ernstem Ton, mit ärgerlicher Miene.

6

Der Polizist mit dem Fahrrad

Hoffte Basquin, Jonas werde sich eines Besseren besinnen und ihm Geständnisse ablegen? Oder wollte er von neuem den inoffiziellen Charakter seines Besuches unterstreichen? Jedenfalls benahm er sich vor dem Weggehen noch einmal so, wie er es beim Eintreten getan hatte: in der Weise eines zufällig vorbeikommenden Kunden, der mit dem Rükken zum Buchhändler in einigen Büchern blättert.

Schließlich schaute er auf seine Uhr, seufzte und nahm seinen Hut vom Stuhl.

»Es wird Zeit, daß ich gehe. Wir haben zweifellos noch Gelegenheit, das alles gründlicher zu besprechen.«

Das sagte er nicht als Drohung, sondern als hätten sie ein gemeinsames Problem zu lösen.

Jonas begleitete ihn zur Tür, die die ganze Zeit offen gestanden hatte, und warf mit dem Reflex eines allen Ladeninhabern gemeinsamen Instinkts einen Blick straßauf und straßab. Er war noch etwas verwirrt. Als er sich nach rechts wandte, traf ihn voll die Sonne, und er konnte die Gesichter um Angèle nicht unterscheiden. Sicher war, daß dort eine Gruppe auf dem Bürgersteig stand, rund um die Gemüsehändlerin, vor allem Frauen, und daß alle in seine Richtung blickten.

Bei der Linksdrehung nahm er auf der Schwelle Le Boucs eine andere Gruppe wahr, deren Mittelpunkt die fein blau und weiß gestreifte Arbeitstracht und die blutbefleckte Schürze Ancels bildete.

Sie waren also noch vor ihm auf dem laufenden gewesen und hatten auf den Besuch des Inspektors gelauert. Durch die weit offene Ladentür mußte es ihnen gelungen sein, Satzfetzen zu erhaschen, wenn Jonas die Stimme hob. Vielleicht hatten sich manche ohne Lärm und ohne sich zu zeigen herangeschlichen?

Er war mehr verletzt als erschreckt. Man benahm sich ihm gegenüber nicht gut, und das hatte er nicht verdient. Er schämte sich, weil er zu fliehen schien, als er brüsk in seinen Laden zurücktrat; aber er war nicht imstande, sich ohne Vorbereitung ihrer feindseligen Neugier zu stellen.

Denn ihr Schweigen war feindselig, da war kein Zweifel möglich. Er hätte Beschimpfungen und Pfiffe vorgezogen.

Doch eben solches Schweigen würde er nun mehrere Tage zu ertragen haben, während welcher er wie in einem von der übrigen Welt abgetrennten Universum lebte.

Er bemühte sich, mit seiner Arbeit fortzufahren, ohne so recht zu wissen, was er tat, und einige Minuten vor vier ließ ihn sein Instinkt nach der Uhr sehen. Es war die Stunde der Tasse Kaffee bei Le Bouc. Sollte er seine Gewohnheiten ändern? Er war dazu versucht. Es wäre die einfachste Lösung. Aber trotz allem, was Basquin denken mochte: aus Treue zu Gina, Gina zuliebe, hing er daran, daß das Leben weiterging wie in der Vergangenheit.

Als er aus der Türe trat, gab es niemanden mehr, der ihm nachspionierte, und der rote Hund der Chaignes, der an der Sonne schlief, erhob sich faul, um seine Absätze zu beschnüffeln und den Kopf zum Streicheln hinzustrecken.

In Le Boucs Bar traf er nur einen Fremden an, sowie die alte Landstreicherin, die in einem Winkel eine Brotkruste und ein Stück Wurst verzehrte.

»Hallo Fernand. Geben Sie mir einen Espresso«, sagte er und gab dabei auf die Schwingungen seiner Stimme acht.

Er legte Wert darauf, natürlich zu bleiben. Fernand stellte wortlos eine Tasse unter den verchromten Hahn und ließ den Dampf zischen, wobei er seinem Blick auswich; es war ihm nicht wohl, so als sei er gar nicht so sicher, ob sie nicht alle miteinander ein grausames Spiel trieben.

Er konnte nicht anders handeln als die andern. Jonas begriff das. Die ganze Place du Vieux-Marché schloß sich zur Zeit gegen ihn zusammen, jene wahrscheinlich einbegriffen, die von der Sache gar nichts wußten.

Das hatte er nicht verdient; nicht nur war er an allem, was man ihm vorwerfen mochte, unschuldig, er hatte sich auch stets bemüht, unauffällig, ohne Aufhebens, wie sie und mit ihnen zu leben, sich ihnen anzugleichen.

Noch vor wenigen Tagen hatte er geglaubt, es sei ihm gelungen, dank Geduld und Demut. Denn auch demütig war er gewesen. Er verlor nie aus den Augen, daß er ein Ausländer war, Kind einer andern Rasse, geboren im fernen Archangelsk, und daß ihn Wechselfälle von Krieg und Revolutionen in ein Städtchen des Berry verpflanzt hatten.

Schepilow, zum Beispiel, besaß diese Demut nicht. Obwohl als Flüchtling in Frankreich, unterließ er es nie, das Land und seine Sitten, ja selbst seine Politik, ausgiebig zu kritisieren; und noch Konstantin Milk hatte keine Bedenken gehabt, sich als Inhaber des Fischladens vor seinen Kunden mit Natalie auf Russisch zu unterhalten.

Ihm hatte das niemand übelgenommen. War es, weil er nichts verlangte und gerade weil er sich um die Meinung seiner Nachbarn nicht kümmerte? Die, die ihn gekannt hatten, sprachen von ihm noch stets mit Sympathie, als von einer starken und eigenwilligen Persönlichkeit.

Jonas hatte sich stets um Eingliederung bemüht, vielleicht weil seine ersten bewußten Vorstellungen den Vieux-Marché betrafen. Er verlangte von den Leuten nur das eine, daß sie ihn als einen der ihren anerkannten. Er spürte, daß das unmöglich war. Er benahm sich mit der Zurückhaltung eines Gastes, und für einen Gast hielt er sich auch.

Man hatte ihn leben, ihn seinen Laden eröffnen lassen. Man warf ihm morgens das rituelle »Hallo, Monsieur Jonas!« zu.

Etwa ihrer dreißig hatten an seinem Hochzeitsmahl teilgenommen, und beim Kirchenausgang, auf dem Vorhof, hatten sich alle vom Vieux-Marché in zwei Spaliere gedrängt.

Warum änderten sie plötzlich ihre Einstellung?

Er hätte geschworen, daß die Dinge nicht gleich verlaufen wären, wenn das, was ihm zugestoßen war, einen andern betroffen hätte. Von einem Tag auf den andern war er wieder ein Fremder geworden, einer aus einer andern Sippe, einer andern Welt, der gekommen war, ihr Brot zu essen und eine ihrer Töchter zu nehmen.

Es erzürnte ihn nicht, verbitterte ihn nicht, aber es schmerzte ihn, und auch er wiederholte, wie es Basquin so hartnäckig getan hatte:

»Warum?«

Es war hart, da in Fernands Bar zu stehen, die so etwas wie sein zweites Heim war, und diesen so stumm und abweisend zu sehen, zum Schweigen verpflichtet.

Er fragte nicht mehr, wie das letzte Mal, was er schulde, sondern legte das Geld auf das Linol des Schanktisches.

»Guten Abend, Fernand.«

»Guten Abend.«

Nicht wie üblich:

»*Guten Abend, Monsieur Jonas.*«

Nur ein vages und kaltes:

»*Guten Abend.*«

Es war Montag, und vier Tage ging das so weiter, bis Freitag. Gina ließ nichts von sich hören. In den Zeitungen stand nichts über sie. Einen Augenblick meinte er, Marcel sei vielleicht ausgebrochen und sie habe sich ihm angeschlossen; aber eine Flucht aus dem Gefängnis hätte doch wohl eine gewisse Publizität zur Folge gehabt.

Während dieser vier Tage gelang es ihm, mit Willenskraft derselbe zu bleiben, jeden Morgen zur gewohnten Stunde aufzustehen, seine drei Croissants jenseits des Platzes zu holen, sich Kaffee zu machen und dann, ein bißchen später am Vormittag, in die Kammer hinaufzusteigen.

Um zehn betrat er Le Boucs Bar, und als sich dort einmal – es war am Mittwoch – Louis einfand, bewies er die Charakterfestigkeit, nicht zu kneifen. Er machte sich darauf gefaßt, von Palestri, der schon etliche Gläser getrunken hatte, angeschnauzt zu werden. Aber im Gegenteil: allseitiges Schweigen empfing ihn; jedermann verstummte bei seinem Anblick, außer einem Fremden, der mit Le Bouc sprach und noch ein oder zwei Sätze äußerte, überrascht um sich blickte, um schließlich verlegen den Mund zu halten.

Jeden Mittag begab er sich zu Pépito, und weder dieser noch dessen Nichte ließen sich auch nur einmal auf ein Gespräch mit ihm ein. Der Witwer fuhr mit seinem Zwinkern fort; aber lebte nicht auch er schon seit langem in einer andern Welt?

Noch kamen Kunden in den Laden, wenn auch weniger als gewöhnlich, und Madame Lallemand, deren Tochter ihre beiden letzten Bücher zu Ende gelesen haben mußte, bekam er nicht mehr zu sehen.

Oft verrannen zwei Stunden, ohne daß jemand

über die Schwelle trat, und um sich zu beschäftigen, machte er sich daran, die Gestelle, eins ums andere, zu säubern, ein Buch ums andere abzustauben, was ihn Werke wiederfinden ließ, die schon seit Jahren dort standen und die er vergessen hatte.

So verbrachte er Stunden auf seiner Bambusleiter, von wo er draußen bald den verlassenen Platz sah, bald das bunte Gewimmel des Marktes.

Er hatte Basquin nichts von den verschwundenen Briefmarken gesagt. Würde sich auch das gegen ihn kehren? Der Inspektor hatte ihn nur gefragt, ob Gina Geld bei sich habe, und er hatte geantwortet, daß es nicht viel sein könne, was auch zutraf.

Er begann zu fürchten – auch er –, daß Gina ein Unglück zugestoßen sei. Mindestens einmal, das wußte er sicher, hatte sie die Nacht mit einem Nordafrikaner in einem schäbigen möblierten Zimmer an der Rue Haute verbracht. Konnte sie da diesmal nicht an einen Sadisten oder einen Irren geraten sein, oder an einen jener Verzweifelten, die um ein paar hundert Francs willen töten?

Es beruhigte ihn, daß sie die Marken mitgenommen hatte, denn das erlaubte ihm, diese Annahme als so gut wie ausgeschlossen fallen zu lassen.

So allein war er, so hilflos, daß er versucht war, bei Abbé Grimault in dessen so stillem Sprechzimmer Rat zu suchen, wo das Halbdunkel und der Geruch so beruhigend wirkten. Aber was hätte ihm der Pfarrer schon sagen können? Warum sollte der ihn besser verstehen als Basquin, der wenigstens auch eine Frau hatte.

Jeden Abend bereitete er sich seine Mahlzeit selbst und spülte das Geschirr. Das Album mit den russischen Briefmarken rührte er nicht mehr an: Zu sehr erinnerte es ihn daran, daß er zu einem anderen Volk gehörte. Er fühlte sich zur Zeit fast schuldig, weil er diese Sammlung angelegt hatte, als bedeute sie einen Verrat an denen, unter welchen er lebte.

Nun hatte er diese Marken aber gar nicht aus Patriotismus zusammengetragen, auch nicht aus Heimweh nach einer Gegend, die er ja gar nicht kannte. Er hätte nicht eigentlich zu sagen gewußt, welchem Beweggrund er gehorcht hatte. War es vielleicht Dussjas wegen geschehen? Er hatte Gina an einem Sonntagnachmittag im Hof von ihr erzählt, und Gina hatte gefragt:

»Ist sie älter als ich?«

»Sie war schon zweijährig, als ich geboren wurde. Sie wäre jetzt zweiundvierzig.«

»Warum sagst du wäre?«

»Weil sie vielleicht tot ist.«

»Wurden die Kinder so jung getötet?«

»Ich weiß nicht. Möglicherweise lebt sie noch.« Sie hatte ihn träumerisch angeschaut.

»Komisch!«, hatte sie schließlich gemurmelt.

»Was?«

»Alles. Du. Deine Familie. Deine Schwestern. Diese Leute, die vielleicht ganz friedlich da hinten leben, ohne daß du es weißt, und die sich bestimmt fragen, was aus dir geworden ist. Hast du nie Lust gehabt, sie zu besuchen?«

»Nie.«

»Warum?«

»Ich weiß nicht.«

Das hatte sie nicht verstanden, und sie mußte meinen, er verleugne seine Familie. Das war es nicht.

»Glaubst du, sie haben deinen Vater erschossen?«

»Vielleicht haben sie ihn nach Sibirien verschickt. Vielleicht haben sie ihm auch die Rückkehr nach Archangelsk gestattet.«

Wäre das nicht eine Ironie, wenn die ganze Familie dort, aufs neue vereint, in ihrer angestammten Stadt säße, wer weiß, sogar in ihrem Haus – außer ihm?

Einmal stand er bei Le Bouc plötzlich neben dem Polizisten Benaiche, und Benaiche tat, als sehe er ihn nicht. Wenn er nun aber auch dreimal die Woche auf dem Markte Posten stand, gehörte er doch nicht zum Markt, mußte aber anderseits wissen, was man bei der Polizei von Jonas dachte.

Basquin hatte zu verstehen gegeben, er werde sich wieder einfinden, und Jonas erwartete jeden Augenblick sein Kommen. Er hatte sich bemüht, Antworten auf vorauszusehende Fragen vorzubereiten. Er hatte sogar auf einem Fetzchen Papier festgehalten, wie er an jenem Donnerstag die Zeit verbracht hatte, dem Tag, an dem er so viel von einer Reise nach Bourges redete, samt einer Liste der Personen, an die er das Wort gerichtet hatte.

Vier Tage lebte er gleichsam unter einer Glasglocke, wie gewisse Tiere in den Laboratorien, an denen Experimente gemacht werden und die man stündlich beobachtet. Am Donnerstagvormittag, als der Markt am belebtesten war, gab es ein heftiges Gewitter, das ein allgemeines Durcheinander hervorrief, denn es fielen riesige Tropfen, vermischt mit Hagelkörnern, und zwei ihm unbekannte Frauen flüchteten sich in seinen Laden. Der Wolkenbruch dauerte fast eine Stunde, und der Verkehr war so gut wie lahmgelegt. Er selbst konnte um zehn Uhr nicht zu Le Bouc gelangen, und es ging schon gegen halb zwölf, als er in die Bar seinen Kaffee trinken ging, wo es nach durchnäßter Wolle roch.

Er zwang sich immerhin hinzuwerfen, als sei nichts geschehen:

»Tag, Fernand.«

Und bestellte seinen Kaffee, wobei er gleichzeitig seine beiden Zuckerstückchen auswickelte.

Am Nachmittag desselben Tages, gegen fünf Uhr, hielt ein Polizist mit Fahrrad vor dem Laden, ließ sein Rad am Randstein stehen und trat ein.

»Sie sind doch Jonas Milk?«

Er sagte ja, worauf man ihm einen gelblichen Umschlag hinstreckte, dann ein Büchlein wie jenes der Briefträger, die die eingeschriebenen Sendungen bringen.

»Unterschreiben Sie hier.«

Er unterschrieb, wartete, bis er allein war, und öffnete dann den Umschlag, der ein amtliches, auf rauhes Papier gedrucktes Formular enthielt, womit er auf den folgenden Freitag, zehn Uhr morgens, zum Polizeikommissariat aufgeboten wurde.

Man kam nicht mehr wie beiläufig zu ihm, um Fragen zu stellen. Man bot ihn auf. Auf der punktierten Linie hinter dem Worte »Grund« stand, mit Tintenstift geschrieben:

»Sie betreffend.«

An jenem Abend trieb es ihn, schriftlich festzuhalten, was alles seit dem Mittwochabend geschehen war, insbesondere an dem Donnerstag, mit aufrichtiger Erklärung jeder einzelnen seiner Handlungen, jedes einzelnen seiner Worte; aber vergeblich setzte er sich an seinen Schreibtisch – er wußte nicht, wo anfangen.

Noch hatte man ihn nicht angeklagt. Man hatte ihm nicht gesagt, er stehe unter einem Verdacht. Man hatte sich begnügt, ihm hinterhältige Fragen zu stellen und ihn zu isolieren.

Nun, vielleicht war es besser, wenn er endlich Gelegenheit bekam, sich gründlich zu erklären. Er wußte nicht, wer ihn dort empfangen würde. Die Vorladung war vom Kommissar unterzeichnet, den er vom Sehen kannte. Er hieß Devaux und glich, wenigstens mit seinen Haaren in Nase und Ohren, Monsieur Métras. Auch er war Witwer und lebte mit seiner Tochter, welche einen jungen Arzt aus Saint-Amand geheiratet hatte, der an der Rue Gambetta praktizierte.

Jonas schlief schlecht, wachte fast stündlich auf, hatte Alpdrücken und träumte wirr, unter anderem vom Kanal und der Zugbrücke, die man aufgezogen hatte, um einen Schleppkahn durchzulassen, und die man nicht mehr hinunterlassen konnte. Warum war er schuld daran? Das blieb ein Geheimnis, aber jedermann beschuldigte ihn, und man hatte ihm eine lächerlich kurze Zeit anberaumt, um die Brücke in Ordnung zu bringen; er war in Schweiß gebadet, die Hände um die Kurbel gekrallt, während Ancel, ein Ochsenviertel auf der Schulter, ihm höhnisch kichernd zuschaute.

Man behandelte ihn wie einen Zuchthäusler. Das ging aus dem Traum klar hervor. Auch von Sibirien war die Rede.

»Sie sind ja aus Sibirien gekommen ...«

Er bemühte sich auseinanderzusetzen, daß Archangelsk nicht in Sibirien lag, aber sie wußten es besser. Sibirien hatte, weiß Gott warum, etwas damit zu tun, daß gerade er die Kurbel drehen mußte; und auch Madame Lentin spielte eine Rolle, er erinnerte sich nicht mehr, welche, vielleicht weil er das Bild ihres blassen Gesichts hinter den Gardinen ihres Fensters im Gedächtnis trug.

Er fürchtete sich fast, wieder einzuschlafen, so sehr erschöpften ihn diese Angstträume, und um fünf Uhr morgens zog er es vor, aufzustehen und auf der Straße Luft zu schnappen.

So erreichte er den Bahnhofplatz, wo eine Bar offen war, und er trank einen Kaffee und aß ein paar Croissants, die soeben eingetroffen und noch warm waren. Würde sich die Bäckerin wundern, daß er nicht wie alle Tage seine drei Croissants kaufte? Er kam auch am Autobus-Depot vorbei, wo zwei mächtige grüne Cars, darunter der nach Bourges, ganz menschenleer auf die Stunde der Abfahrt warteten.

Um acht Uhr öffnete er den Laden, stellte die

zwei Kästen hinaus, die er um halb zehn wieder hereinholte, und dann, den Hut auf dem Kopf, die Vorladung in der Tasche, machte er sich auf den Weg und schloß die Türe mit dem Schlüssel zu.

Es war zwar noch nicht ganz die Stunde für Le Bouc, da er aber um zehn im Kommissariat sein würde, trat er ein und trank seinen Kaffee.

Man mußte seinen Hut bemerken. Man hatte bestimmt gesehen, wie er den Schlüssel in der Tür gedreht hatte. Dennoch stellte man keine Fragen; man beachtete ihn einfach nicht, so wie man ihn seit vier Tagen nicht beachtete. Trotzdem sprach er die Worte:

»Auf bald.«

Er ging die Rue Haute hinunter. Nach etwa fünf-hundert Metern öffnete sich zur Linken ein Platz, in dessen Mitte sich das Hôtel de Ville erhob.

Auch hier fand ein Markt statt; er war aber viel weniger wichtig als der vor seinem Haus: Karren voll Gemüse und Obst, zwei oder drei Stände, eine Verkäuferin von Körben und Schnürsenkeln.

Um sich zum Kommissariat zu begeben, benützte man nicht den Haupteingang, sondern eine kleine Tür in einer Nebenstraße. Er betrat den Vorraum, der nach Kaserne roch und von einer Art Ladentisch aus gefirnißtem Holz unterteilt wurde.

Auf einer Bank warteten fünf oder sechs Perso-nen, und er wollte sich aus Bescheidenheit oder Schüchternheit in ihre Reihe setzen, als ihm ein Gefreiter zurief:

»Was wollen Sie?«

Er stammelte:

»Ich habe eine Vorladung.«

»Geben Sie her.«

Der Gefreite warf einen Blick darauf, verschwand hinter einer Tür und kam kurz darauf zurück:

»Warten Sie einen Augenblick.«

Jonas blieb zunächst stehen, und die Zeiger der Uhr an der grellweißen Mauer zeigten zehn Uhr zehn, zehn ein Viertel, zehn Uhr zwanzig. Da setzte er sich, zerknüllte seinen Hut und fragte sich, ob wie beim Arzt all jene, die vor ihm da waren, ihm auch vorangingen.

Das war nicht der Fall, denn ein Name wurde ausgerufen, eine Frau stand auf und wurde auf die Seite geführt, die jener gegenüberlag, zu welcher sich vorhin der Gefreite begeben hatte. Dann verlas man einen andern Namen und sagte dem Mann von mittleren Jahren, der sich der Abschrankung näherte:

»Unterschreiben Sie hier . . . Und hier . . . Haben Sie vierhundertzweiundzwanzig Francs?«

Der Mann hielt das Geld in der Hand bereit, und im Tausch gab man ihm dafür einen rosafarbenen Papierbogen, den er liebevoll faltete und in seine Brieftasche legte, ehe er fortging.

»Der nächste!«

Das war eine alte Frau, die sich dem Gefreiten zuneigte, um leise mit ihm zu reden, und Jonas spitzte unwillkürlich die Ohren, als es klingelte.

»Einen Augenblick!«, unterbrach sie der Uniformierte. »Monsieur Milk! Bitte, folgen Sie mir.«

Sie durchschritten einen Gang, auf den Büros

mündeten, ehe sie jenes des Kommissars erreichten, der, hinter einem Möbelstück aus Mahagoniholz sitzend, dem Fenster den Rücken kehrte.

»Setzen Sie sich«, sagte er, ohne aufzublicken.

Er trug zum Lesen und Schreiben eine Brille, was Jonas nicht wußte, da er ihn ja bisher nur auf der Straße gesehen hatte, und sooft er ihn ansah, wurde sie abgesetzt.

»Ihr Name ist doch Jonas Milk, geboren zu Archangelsk, den 21. September 1916, als Franzose naturalisiert am 17. Mai 1938?«

»Jawohl, Herr Kommissar.«

Dieser hatte vor sich Papiere liegen, bedeckt mit einer gedrängten Schrift, die er zu überfliegen schien, um sich das Gedächtnis aufzufrischen.

»Sie haben vor zwei Jahren Eugénie-Louise-Joséphine Palestri geheiratet.«

Er nickte, und der Kommissar lehnte sich in seinem Sessel zurück und spielte einen Augenblick mit der Brille, ehe er fragte:

»Wo befindet sich Ihre Frau, Monsieur Milk?«

Nur schon diese Anrede, an die er nicht mehr gewöhnt war, brachte ihn aus der Fassung.

»Ich weiß es nicht, Herr Kommissar.«

»Ich sehe hier«, und er klopfte mit seiner Brille, deren Hornbügel er zusammengeklappt hatte, auf die vor ihm liegenden Papiere, »daß Sie mindestens zwei verschiedene Versionen über deren Weggehen verbreitet haben.«

»Ich will Ihnen das erklären.«

»Einen Augenblick. Einerseits haben Sie am Donnerstagvormittag, dann am Donnerstagnachmittag und am Freitag mehreren Ihrer Nachbarn unaufgefordert und vor Zeugen erklärt, Ihre Frau habe die Stadt am Donnerstag mit dem Sieben-Uhr-zehn-Autobus verlassen.«

»Das ist richtig.«

»Sie ist also mit dem Autobus gefahren?«

»Nein. Es ist richtig, daß ich das gesagt habe.«

Da fing es wieder an. Die großen amtlichen Papiere enthielten den Rapport Inspektor Basquins, der in seinem Büro und aus dem Gedächtnis ihrer beider Unterhaltung rekonstruiert haben mußte.

»Im Widerspruch dazu haben Sie später, auf Befragung durch einen meiner Mitarbeiter, das Weggehen Ihrer Frau auf den Mittwochabend angesetzt.«

Als Jonas den Mund öffnete, unterbrach ihn ein knapper Aufschlag der Brille auf das Aktenbündel.

»Einen Augenblick, Monsieur Milk. Vor allem muß ich Sie davon unterrichten, daß bei uns eine Klage wegen Verschwindens einer Person eingegangen ist.«

Hatte Louis sie eingereicht? Oder Angèle? Oder Frédo? Er wagte nicht zu fragen, obwohl er darauf brannte, es zu erfahren.

»Solche Angelegenheiten sind immer heikel, vor allem, wenn es sich um eine Frau handelt, und erst recht, um eine verheiratete Frau. Ich habe Sie vorgeladen, um Ihnen eine Reihe von Fragen zu stellen, und ich werde auf recht intime Einzelheiten eingehen müssen. Es versteht sich, daß Sie nicht unter Anklage stehen und daß Sie das Recht haben, nicht zu antworten.«

»Ich wünsche ja nichts anderes, als ...«

»Ich bitte Sie, lassen Sie mich reden. Ich fasse zunächst, so kurz wie möglich, den Sachverhalt zusammen.«

Er setzte die Brille auf und suchte ein anderes Papier hervor, worauf er offenbar einige Notizen hingeworfen hatte.

»Sie sind vierzig Jahre alt, und Ihre Frau, besser bekannt unter ihrem Vornamen Gina, vierundzwanzig. Wenn ich recht verstehe, galt sie vor ihrer Begegnung mit Ihnen nicht als ein Vorbild an Tugend, und als Nachbar waren Sie über ihren Lebenswandel auf dem laufenden. Ist das richtig?«

»Das ist richtig.«

Dergestalt mit einigen amtlichen Floskeln beschrieben, mußte jedes Leben widerlich erscheinen.

»Trotzdem haben Sie sie geheiratet, in Kenntnis der Sachlage; und um eine kirchliche Trauung zu ermöglichen, ohne welche die Palestris ihre Einwilligung nicht gegeben hätten, sind Sie zum Katholizismus übergetreten und haben sich taufen lassen.«

Das kam als ein Schock – verriet es doch, daß während der jüngst vergangenen, leeren Tage eingehende Nachforschungen über ihn angestellt worden waren. Hatte man Abbé Grimault befragt und andere, deren Namen vielleicht noch Revue passieren würden?

»Ich möchte Ihnen, Monsieur Milk, beiläufig eine

Frage stellen, die mit der Sache nichts zu tun hat. Sie sind Jude, nicht wahr?«

Er antwortete, als ob er sich dessen zum ersten Male schäme:

»Ja.«

»Sie haben sich während der Besatzungszeit hier eingefunden?«

»Ja.«

»Sie erinnern sich also, daß zu einem gewissen Zeitpunkt die deutschen Behörden Ihre Glaubensgenossen gezwungen haben, auf den Kleidern einen gelben Stern zu tragen.«

»Ja.«

»Wie kommt es, daß Sie diesen Stern nie getragen haben und daß man Sie trotzdem nicht belästigt hat?«

Um die Ruhe zu bewahren, mußte er sich die Fingernägel in die Handflächen graben. Was konnte er darauf antworten? Sollte er die Seinen verleugnen? Er hatte sich nie als Jude gefühlt. Nie hatte er sich für anders gehalten, als die Leute seiner Umgebung am Vieux-Marché, und diesen war wegen seines blonden Haars und seiner blauen Augen nicht in den Sinn gekommen, er könnte anderer Rasse sein.

Nicht um sie zu täuschen, hatte er den gelben Stern nicht getragen, und auf die Gefahr hin, in ein Konzentrationslager verschickt oder zum Tode verurteilt zu werden. Er hatte die Gefahr selbstverständlich auf sich genommen, weil er wie die andern sein wollte.

Der Kommissar, der ihn ja gar nicht kannte, war auf diese Geschichte nicht von sich aus gestoßen. Ebensowenig Basquin, der zu jener Zeit als Gefangener in Deutschland weilte.

Die stammte von einem andern, einem am Vieux-Marché, einem von denen, die ihn tagtäglich herzlich begrüßt hatten.

»Wußte Ihre Frau, daß Sie Jude sind?«

»Ich habe nie mit ihr darüber gesprochen.«

»Glauben Sie, es hätte an ihrem Entschluß etwas geändert?«

»Ich glaube nicht.«

Dabei dachte er mit Bitterkeit an den Araber, mit dem sie eine Nacht verbracht hatte.

»Und ihre Eltern?«

»Ich habe mir die Frage nicht gestellt.«

»Lassen wir das. Sie sprechen Deutsch?«

»Nein.«

»Russisch, natürlich.«

»Ich habe es früher einmal mit meinen Eltern gesprochen, aber ich habe es verlernt und könnte es kaum mehr verstehen.«

Was hatte das mit Ginas Verschwinden zu tun? Würde er endlich erfahren, was man gegen ihn hatte?

»Ihr Vater ist anläßlich der Revolution als Emigrant nach Frankreich gekommen?«

»Er war in deutscher Kriegsgefangenschaft, und als 1918 der Waffenstillstand unterzeichnet wurde ...«

»Wir nennen das einen Emigranten, da er ja zu

jenem Zeitpunkt nicht nach Rußland zurückgekehrt ist. Ich nehme an, er gehörte einer Vereinigung von Weißrussen an?«

Er glaubte sich zu erinnern, daß ihn Schepilow am Anfang eigenmächtig in eine politische Vereinigung eingeschrieben hatte, aber Milk war nie ein aktives Mitglied geworden und hatte sich voll und ganz seinem Fischhandel gewidmet.

Ohne die Antwort abzuwarten, fuhr Kommissar Devaux fort:

»Dennoch hat er 1930 nicht gezögert, in sein Land heimzukehren. Warum?«

»Um zu erfahren, was aus meinen fünf Schwestern geworden war.«

»Haben Sie Nachrichten von ihnen erhalten?«

»Nie.«

»Weder schriftlich noch mündlich, noch durch Freunde?«

»Auf keinerlei Weise.«

»Wie ist es in diesem Fall zu erklären, daß Ihre Mutter ihrerseits hingereist ist?«

»Sie mochte nicht ohne ihren Gatten leben.«

»Sie haben sich nie politisch betätigt?«

»Nie.«

»Sie sind keiner Gruppe, keiner Partei beigetreten?«

»Nein.«

Devaux setzte wieder die Brille auf, um seine Notizen erneut zu konsultieren. Er schien enttäuscht. Man hätte meinen können, gewisse Fragen stelle er nur widerstrebend.

»Sie pflegen, Monsieur Milk, einen bedeutenden Briefwechsel mit dem Ausland.«

Dann hatte man also auch den Briefträger ausgefragt! Wen sonst noch?

»Ich bin Briefmarkensammler.«

»Zwingt Sie das zu einem so bedeutenden Briefwechsel?«

»Bei meiner Arbeitsweise, ja.«

Er hatte Lust, sein Vorgehen zu erklären: Wie er unter Spreu, die ihm aus allen Himmelsrichtungen ins Haus flog, nach Briefmarken forschte, die irgendeine Eigentümlichkeit aufwiesen, die seinen Kollegen entgangen war.

»Lassen wir das!«, wiederholte der Kommissar, der es eilig zu haben schien, zu einem Ende zu kommen.

Trotzdem fuhr er fort:

»Wie sind Ihre nachbarlichen Beziehungen?«

»Gut. Sehr gut. Das heißt, bis auf die letzten paar Tage.«

»Was ist denn in den letzten paar Tagen vorgefallen?«

»Man geht mir aus dem Weg.«

»Sie haben, glaube ich, den Besuch Ihres Schwagers, Alfred Palestri, genannt Frédo, empfangen.«

»Ja.«

»Was halten Sie von ihm?«

Er schwieg.

»Stehen Sie mit ihm auf schlechtem Fuß?«

»Ich glaube, er mag mich nicht.«

»Aus welchem Grund?«

»Vielleicht paßt es ihm nicht, daß ich seine Schwester geheiratet habe.«

»Und Ihr Schwiegervater?«

»Ich weiß nicht.«

Nach einem Blick auf seine Notizen nahm der Kommissar den Faden wieder auf:

»Es möchte scheinen, daß alle beide gegen Ihre Heirat waren. Gina stand zu jener Zeit in Ihren Diensten, wenn ich nicht irre.«

»Sie arbeitete bei mir als Haushälterin.«

»Schlief sie im Hause?«

»Nein.«

»Hatten Sie intime Beziehungen?«

»Nicht vor unserer Heirat.«

»War Ihnen früher nie der Gedanke gekommen, einen Haushalt zu gründen?«

»Nein.«

Das stimmte. Er hatte nie daran gedacht.

»Damit ich weiß, woran ich bin, muß ich Ihnen noch eine indiskrete Frage stellen, die Sie nicht zu beantworten brauchen. Wie halfen Sie sich?«

Er verstand nicht gleich. Der Kommissar mußte deutlicher werden:

»Ein Mann hat seine Bedürfnisse ...«

Vor dem Krieg bestand nicht weit vom Hôtel de Ville, genauer an der Rue du Pot-de-Fer, ein Bordell, das Jonas regelmäßig aufsuchte. Die neuen Gesetze hatten ihn eine Zeitlang ratlos gemacht; dann hatte er in der Nähe des Bahnhofs eine Straßenecke gefunden, wo vier oder fünf Mädchen abends vor einem Stundenhotel hin- und hergingen.

Er gestand es ein, da man ihn ohnehin zwang, sich bloßzustellen.

»Nach Ihrer Aussage waren Sie wegen Ihrer Frau nicht eifersüchtig.«

»Das habe ich nicht behauptet. Ich habe gesagt, ich habe es ihr nicht gezeigt.«

»Ich verstehe. Sie waren also eifersüchtig?«

»Ja.«

»Was hätten Sie getan, falls Sie sie in den Armen eines andern ertappt hätten?«

»Nichts.«

»Wären Sie nicht wütend geworden?«

»Es hätte mich geschmerzt.«

»Aber Gewalt hätten Sie nicht angewandt, weder gegen sie noch gegen ihren Partner?«

»Bestimmt nicht.«

»Wußte sie das?«

»Sie mußte es wissen.«

»Hat sie das ausgenützt?«

Er hätte gern geantwortet:

›All das liegt schriftlich vor Ihnen.‹

Aber wenn ihn schon die Befragung durch Inspektor Basquin in seinem Laden eingeschüchtert hatte, wo dieser mit der ungezwungenen Art eines Kunden eingetreten war, so tat es noch viel mehr diese Amtsstube, wo man überdies heikle Punkte berührte und ihm gleichsam die Haut abzog.

Es gab Worte und Sätze, die in seinem Kopf nachhallten, und er mußte sich anstrengen, um zu begreifen, was man ihm sagte.

»Sie haben ihr nie gedroht?«

Er fuhr auf.

»Womit?«

»Das weiß ich nicht. Sie haben niemals Drohungen gegen sie vorgebracht?«

»Nie im Leben! Das wäre mir nie eingefallen!«

»Nicht einmal im Verlauf einer häuslichen Szene, zum Beispiel, oder in betrunkenem Zustand?«

»Es hat niemals häusliche Szenen unter uns gegeben, und man muß Ihnen gesagt haben, daß ich nur Kaffee trinke.«

Der Kommissar zündete sich gemächlich eine Pfeife an, die er soeben gestopft hatte, und lehnte sich in seinen Sessel zurück, die Brille in der Hand.

»Wie erklären Sie es dann, daß Ihre Frau Angst vor Ihnen hatte?«

Er glaubte, nicht recht zu verstehen.

»Wie bitte?«

»Ich sagte: daß sie vor Ihnen Angst gehabt hat.«

»Gina?«

»Ihre Frau, jawohl.«

Obwohl durch die Umgebung eingeschüchtert, sprang er aus seiner Gelähmtheit auf. Nur mit Mühe brachte er es fertig, die Worte, die ihm ungeordnet auf die Zunge kamen, vernehmlich auszusprechen.

»Aber Herr Kommissar, niemals hat sie Angst vor mir gehabt. Angst wovor? Wenn sie heimkam, habe ich sie im Gegenteil . . .«

»Setzen Sie sich.«

Er rang die Hände. Es war unsinnig – als durchlebe er einen seiner Alpträume der vergangenen Nacht.

»Angst vor mir!«, wiederholte er. »Ausgerechnet vor mir!«

Wer hatte schon Angst vor ihm? Nicht einmal die streunenden Hunde auf dem Markt, nicht einmal die Katzen. Er war das harmloseste Geschöpf auf Erden.

Der Kommissar jedoch, der seine Brille wieder aufgesetzt hatte, schaute auf seinen Rapport und unterstrich mit dem Finger eine Stelle darin.

»Wiederholt hat Ihre Frau geäußert, Sie würden sie eines Tages umbringen.«

»Wann? Wem gegenüber? Das ist unmöglich!«

»Es steht mir im Augenblick nicht zu, Ihnen zu verraten, wem sie sich in diesem Sinne anvertraut hat; aber ich kann Ihnen versichern, daß sie es getan hat, und zwar nicht nur einer einzigen Person gegenüber.«

Jonas gab auf. Das war zuviel. Man war zu weit gegangen. Daß sich die Nachbarn von ihm abgewandt hatten – er hatte die Zähne zusammengebissen und es ertragen. Daß aber Gina...

»Hören Sie, Herr Kommissar...«

Er streckte fast flehend die Hände aus, mit einem letzten Aufflackern seiner Kräfte.

»Wenn sie vor mir Angst gehabt hätte, warum...?«

Wozu auch? Außerdem fand er nicht mehr die Worte. Er hatte vergessen, was er sagen wollte. Es hatte keinen Sinn.

Angst vor ihm!

»Beruhigen Sie sich. Noch einmal: Ich klage Sie

nicht an. Infolge des Verschwindens Ihrer Frau ist eine Untersuchung angestrengt worden, und es gehört zu meinen Obliegenheiten, nichts außer acht zu lassen und alle Zeugen zu vernehmen.«

Ohne es zu merken, nickte Jonas zustimmend.

»Nun haben Sie aus unerfindlichen Gründen von jenem Vormittag an, an dem das Verschwinden Ihrer Frau festgestellt wurde, gelogen.«

Er wehrte sich nicht, wie er es gegenüber Inspektor Basquin noch getan hatte.

»Angst vor mir!«, wiederholte er zu sich mit schmerzhafter Halsstarrigkeit.

»Das hat fatalerweise Anlaß zu gewissen Bemerkungen gegeben.«

Jonas nickte immerzu.

»Ich will nichts anderes, als mit Ihrer Hilfe den Sachverhalt klären.«

Das Gesicht, die Umrisse des Kommissars verschwammen ihm plötzlich vor den Augen, und er fühlte sich von einer Schwäche angewandelt, die ihm neu war.

»Hätten Sie ... Hätten Sie ein Glas Wasser?«, hatte er gerade noch Zeit zu stottern.

Es war das erste Mal, daß er ohnmächtig wurde. Es war sehr warm in dem Büro. Der Kommissar stürzte einer Tür zu, und Jonas hörte einen Hahn laufen.

Er konnte nur wenige Sekunden bewußtlos gewesen sein, denn als er die Augen aufschlug, stieß das Glas an seine Zähne, und frisches Wasser rann noch an seinem Kinn hinunter.

Er betrachtete ohne Groll, die Lider halb geschlossen, den Mann, der ihm so weh getan hatte und der sich noch immer über ihn beugte.

»Fühlen Sie sich besser?«

Er zwinkerte, wie er es tat, um den Witwer zu begrüßen, welchem der Kommissar ähnelte. Vielleicht war der Kommissar ein anständiger Kerl, dem er leid tat?

»Trinken Sie noch einen Schluck.«

Er bedeutete nein. Er war verlegen. Das Pendel schwang zurück: Er hatte plötzlich Lust zu weinen. Er nahm sich zusammen, aber es dauerte eine ganze Weile, ehe er wieder reden konnte. Was er stammelte, war dies:

»Ich bitte um Verzeihung.«

»Entspannen Sie sich; sprechen Sie nicht.«

Der Kommissar öffnete das Fenster, das mit einem Schlag den Straßenlärm hereinließ, setzte sich wieder an seinen Platz und wußte nicht, was tun oder sagen.

7

Der Vogelhändler

Ich glaube, Monsieur Milk, Sie haben nicht recht verstanden. Noch einmal: Aus irgendeinem Grund ist Ihre Frau verschwunden, und man hat uns mit einer Nachforschung beauftragt. Es ließ sich nicht vermeiden, Zeugenaussagen zu sammeln und gewisse Gerüchte zu überprüfen, die umliefen.«

Jonas war jetzt ruhig – allzu ruhig, und auf seinem Gesicht lag etwas wie ein Lächeln, das man mit einer Handbewegung hätte wegwischen können. Er betrachtete sein Gegenüber höflich, geistesabwesend. Um die Wahrheit zu sagen: Er lauschte einem Hahnenschrei, der mitten aus den Stadtgeräuschen aufstieg, schmetternd, stolz. Im ersten Augenblick hatte ihn das so überrascht, daß es ihm ein Gefühl des Unwirklichen, Schwebenden einflößte, bis er sich besann, daß es dem Kommissariat genau gegenüber einen Geflügel- und Kleintierhändler gab.

Wäre er vom Stuhle aufgestanden, so hätte er die auf dem Trottoir gestapelten Käfige sehen können: zuunterst die reinrassigen Hühner, Hähne und Enten, darüber die Sittiche, die Kanarienvögel und andere, Exoten deren Namen er nicht kannte; manche lebhaft rot, andere blau. Rechts von der Tür balancierte

ein Papagei auf seiner Stange, und jeder, der vorbeikam, staunte, daß er nicht festgemacht war.

Auf dem Platz rief eine Frau mit schriller Stimme,
eine Obst- und Gemüsehändlerin, Kunden herbei,
indem sie ihnen ihren »schönen Kopfsalat« anpries,
und die Intervalle zwischen ihren eintönigen Rufen
waren fast so regelmäßig, daß er anfing, darauf zu
achten.

»Vielleicht bin ich dabei etwas schroff vorgegan-
gen, und ich möchte mich dafür entschuldigen . . .«

Jonas warf den Kopf mit einer Miene auf, die
besagte, es sei alles in Ordnung.

Gina hatte Angst vor ihm. Alles andere zählte
nicht. Jetzt konnte er alles hören, und der Kommissar brauchte nicht wie die Katze um den heißen
Brei zu streichen.

»Ich verhehle Ihnen nicht, daß da noch eine
weitere, recht beunruhigende Zeugenaussage vorliegt.
Am Mittwoch, kurz vor Mitternacht, hat an der
Rue du Canal, etwa vierhundert Meter von Ihrem
Haus entfernt, eine Frau aus dem Fenster geschaut.
Sie wartete auf ihren Gatten, der aus Gründen, die
uns hier nicht interessieren, nicht zur gewohnten
Stunde heimgekommen war. Nun, sie hat einen eher
kleinen Mann, etwa von Ihrer Statur, vorbeigehen
sehen, der einen umfangreichen Sack geschultert
hatte und der Schleuse entgegeneilte, immer dicht
den Hausmauern entlang.«

»Sie hat mich erkannt?«

Er entrüstete sich nicht, lehnte sich nicht auf.

»Das habe ich nicht gesagt, aber da liegt offensichtlich ein eigenartiges Zusammentreffen vor.«

»Glauben Sie, Herr Kommissar, ich hätte die Kraft gehabt, meine Frau vom Vieux-Marché bis zum Kanal zu tragen?«

Wenn Gina auch kaum größer war als er, so war sie doch schwerer, und stark war er nicht.

Monsieur Devaux biß sich auf die Lippen. Seit Jonas' Ohnmachtsanfall fühlte er sich unbehaglich, und er ging vorsichtig zu Werk, ohne zu ahnen, daß es nicht mehr nötig war. Kommt nicht ein Augenblick, wo gerade die Heftigkeit des Schmerzes unempfindlich macht? Jonas hatte dieses Kap umschifft und hörte zwar, was man ihm sagte, klammerte sich aber an die Geräusche der Straße.

Es war nicht der gleiche Lärm wie in seinem Quartier. Es gab hier mehr Automobile, und die Fußgänger hatten es eiliger. Auch das Licht war anders, und doch waren es von hier zum Vieux-Marché nur zehn Gehminuten.

Die Schränke hinter dem Kommissar waren aus Mahagoniholz, gleich wie der Schreibtisch, mit grünen Spanngardinen hinter vergoldetem Gitterwerk, und darüber sah man in schwarzem Rahmen die Photographie des Präsidenten der Republik.

»Ich habe an diesen Einwand gedacht, Monsieur Milk. Aber wenn Sie die Zeitungen lesen, ist Ihnen nicht unbekannt, daß für diese Schwierigkeit leider oft eine Lösung gefunden wird.«

Er verstand nicht gleich.

»Sie haben bestimmt schon Berichte gelesen oder

gehört, wonach in Flüssen oder auf offenem Feld zerstückelte Leichen gefunden wurden. Noch einmal: ich klage Sie nicht an.«

Man klagte ihn nicht an, Gina in Stücke zerschnitten und diese zum Kanal transportiert zu haben!

»Uns bleibt nur eines übrig — es sei denn, Ihre Frau kommt wieder zum Vorschein oder wir finden sie: nämlich, Sie aus der Sache zu ziehen, und infolgedessen müssen wir in Ruhe alle Hypothesen studieren.«

Er setzte die Brille wieder auf, um einen Blick auf seine Notizen zu werfen.

»Warum hatten Sie es nach dem Verschwinden Ihrer Frau so eilig, Ihrer beider Wäsche zum Waschen zu geben?«

Man kannte seine leisesten Bewegungen, als habe er in einem Glaskäfig gelebt.

»Weil es der Tag dafür war.«

»War es für gewöhnlich an Ihnen, die Wäsche zu zählen und daraus ein Paket zu machen?«

»Nein.«

Nein und Ja. Das bewies wieder einmal, wie schwierig es ist, eine absolute Wahrheit zu formulieren. Es gehörte wie in andern Haushalten zu den Obliegenheiten der Hausfrau, und Gina erledigte es im allgemeinen auch selbst. Nur wußte sie nie, welcher Wochentag es war, und es ergab sich, daß Jonas ihr, während sie das Schlafzimmer machte, in Erinnerung rief:

»Vergiß die Wäsche nicht!«

Auch war er gewohnt, den Kopfkissenbezug, der die Wäsche enthielt, unter den Ladentisch zu legen, um den Fahrer des Kleinlastwagens, der es immer eilig hatte, nicht warten zu lassen.

Unordnung war Ginas Lebenselement. Hatte sie nicht auch vor ihrem Weggehen vergessen, die Pfanne zu putzen, in der sie die Heringe zubereitet hatte? Jonas hatte lange allein gelebt und nicht immer eine Haushälterin gehabt, und so war er noch immer gewohnt, an alles zu denken und oft in Abwesenheit Ginas das zu besorgen, wessen sie sich hätte annehmen müssen.

»Ihre Frau war erst seit kurzem verschwunden, Monsieur Milk. Sie haben mir vorhin gesagt, Sie liebten sie. Und da haben Sie sich die Mühe genommen, etwas zu erledigen, womit sich Männer im allgemeinen nicht abgeben.«

Er konnte nur wiederholen:

»Weil es der Tag dafür war.«

Er spürte wohl, daß ihn sein Gegenüber neugierig und prüfend ansah. Auch Basquin hatte ihn in gewissen Augenblicken auf diese Weise angeschaut, als ein Mann, der zu begreifen sucht und dem es nicht gelingt.

»Sie haben nicht versucht, kompromittierende Spuren zu verwischen?«

»Was für Spuren?«

»Sie haben am Freitag oder Samstag auch ein großes Reinemachen in der Küche veranstaltet.«

Wie oft war das nicht vorgekommen! Vor Gina,

wenn die Haushälterin krank war, und auch nach seiner Heirat!

»Zugegeben: das sind Einzelheiten, die an sich nichts besagen, deren Häufung aber eben doch beunruhigend wirkt.«

Er pflichtete bei, wie ein gelehriger Schüler.

»Sie haben keine Vorstellung von den Beziehungen, die Ihre Frau in letzter Zeit geknüpft haben könnte?«

»Keinerlei.«

»Ist sie häufiger als gewöhnlich weggeblieben?«

Wie immer hatte sie vormittags den Markt durchstreift, und zwar, wie schon oft, in Morgenrock und Pantoffeln. Nachmittags kam es vor, daß sie sich anzog, Puder auflegte, sich parfümierte und in die Stadt Einkäufe machen ging oder eine ihrer Freundinnen besuchte.

»Sie hat auch keine Post bekommen?«

»Sie hat zu Hause niemals Briefe erhalten.«

»Meinen Sie, sie habe anderswo welche erhalten, postlagernd zum Beispiel?«

»Ich weiß nicht.«

»Was so seltsam anmutet, ist – als intelligenter Mensch, der Sie sind, müssen Sie das zugeben – ist also, daß sie ohne Kleider wegging, selbst ohne Mantel und, nach Ihrer Aussage, fast ohne Geld. Sie hat weder den Bus noch den Zug genommen, das haben wir festgestellt.«

Er zog es vor, zu einem Ende zu kommen, indem er die Briefmarken erwähnte. Er war es müde. Er hatte es eilig, aus dieser Amtsstube herauszukommen und nicht mehr Fragen anhören zu müssen, die mit der Wirklichkeit so wenig zu tun hatten.

»Meine Frau«, sagte er, erbittert darüber, daß er so weit gebracht worden war, und mit dem Gefühl, einen Verrat zu begehen, »hatte ihre Abreise geplant.«

»Woher wissen Sie das, und warum haben Sie Inspektor Basquin gegenüber nicht davon gesprochen?«

»Im Spiegelschrank unseres Schlafzimmers befindet sich eine Kassette, die meine allerseltensten Briefmarken enthielt.«

»Wußte sie das?«

»Ja.«

»Diese Briefmarken stellen einen großen Wert dar?«

»Mehrere Millionen.«

Er fragte sich, ob er gut daran getan habe zu reden, denn die Reaktion des Kommissars war nicht die von ihm erwartete. Man betrachtete ihn nicht nur ungläubig, sondern mit noch vermehrtem Mißtrauen.

»Wollen Sie damit sagen, daß Sie für mehrere Millionen Briefmarken besitzen?«

»Ja. Ich habe mit dem Sammeln schon im Gymnasium angefangen, als ich kaum dreizehn war, und habe seither nie damit aufgehört.«

»Wer außer Ihrer Frau hat diese Marken in Ihrem Besitz gesehen?«

»Niemand.«

»So daß Sie nicht beweisen können, daß sie sich tatsächlich in dem Schrank befunden haben?«

Er war ganz ruhig geworden, geduldig, fast gleich-gültig, als handle es sich nicht mehr um Gina und ihn selbst; und vielleicht rührte das daher, daß er sich jetzt auf beruflichem Gebiet bewegte.

»In den meisten Fällen kann ich beweisen, daß ich sie in einem gegebenen Zeitpunkt erworben habe, sei es durch Kauf, sei es durch Tausch, manche vor fünfzehn Jahren, manche vor zwei oder drei Jahren. Die Philatelisten bilden eine ziemlich geschlossene Welt. Man weiß fast immer, wo die seltenen Stücke liegen.«

»Entschuldigen Sie, wenn ich Sie unterbreche, Monsieur Milk. Ich verstehe nichts von Philatelie. Ich versuche im Augenblick, mich in den Geist eines Geschworenen zu versetzen. Sie behaupten – obwohl Sie in Verhältnissen leben, die ich als sehr bescheiden bezeichnen möchte, und ich hoffe, Ihnen damit nicht zu nahe zu treten – Sie behaupten also, Sie haben für mehrere Millionen Briefmarken besessen und Ihre Frau habe sie mitgenommen. Sie sagen überdies, Sie seien in der Lage, für die meisten darunter den Beweis anzutreten, daß sie vor einer gewissen An-zahl von Jahren in Ihren Besitz gekommen sind. Habe ich Sie recht verstanden?«

Er nickte, während er nach dem Gockel lauschte, der ein neues Kikeriki steigen ließ, und der Kommis-sar ging aufgebracht das Fenster schließen.

»Sie gestatten?«

»Wie Sie wünschen.«

»Man wird sich vor allem fragen, ob diese Brief-marken am vergangenen Mittwoch noch bei Ihnen lagen, denn nichts hat Sie gehindert, sie längst vorher zu verkaufen. Ist es Ihnen möglich, dafür den Beweis zu erbringen?«

»Nein.«

»Und können Sie den Beweis erbringen, daß Sie sie nicht mehr besitzen?«

»Sie sind nicht mehr in der Kassette.«

»Wir bleiben immer noch innerhalb der von uns supponierten Situation, nicht wahr?: Was hätte Sie gehindert, sie anderswo hinzubringen?«

»Warum?«

Um Gina zu belasten: Das war's, was der Kommissar meinte. Um glauben zu machen, sie sei mit seinem Vermögen auf und davon.

»Sehen Sie jetzt ein, wie schwierig und heikel meine Aufgabe ist? Die Bewohner des Quartiers scheinen Ihnen aus einem mir unbekannten Grunde nicht gewogen.«

»Bis auf diese letzten Tage waren sie immer nett zu mir.«

Der Kommissar betrachtete ihn aufmerksam, und Jonas fand die Erklärung dafür in dessen Augen. Auch er verstand nicht. Menschen jeglichen Schlages waren in seiner Amtsstube an ihm vorbeigezogen, und er war die seltsamsten Geständnisse gewohnt. Jonas aber verwirrte ihn, und der Kommissar wechselte von Sympathie zu Gereiztheit, ja bis zu Abneigung, wonach er sich wieder auffing und sich bemühte, erneut einen Kontakt herzustellen.

War es mit Basquin nicht das gleiche gewesen? War das nicht der Beweis dafür, daß er nicht ein

Mensch wie die andern war? Wäre es in seinem Geburtsland anders gewesen – in Archangelsk, unter Menschen seiner Abstammung?

Sein Lebtag hatte er das gespürt. Schon in der Schule machte er sich ganz klein, wie um vergessen zu werden, und es hatte ihn verlegen gemacht, als er gegen seinen Willen Klassenerster wurde.

Hatte man ihm nicht Mut gemacht, sich als dem Vieux-Marché zugehörig zu empfinden? Hatte man ihm zu einem bestimmten Zeitpunkt nicht vorgeschlagen, einem Komitee zur Verteidigung des Kleinhandels beizutreten und sogar dessen Kassier zu werden? Er hatte abgelehnt, weil er spürte, daß das nicht sein Platz war.

Nicht ohne Grund hatte er so große Demut bewiesen. Er mußte glauben, er habe noch nicht genug getan, da man sich nun gegen ihn wandte.

»Wann sind denn diese Briefmarken nach Ihrer Meinung verschwunden?«

»Ich trage für gewöhnlich den Kassettenschlüssel in der Tasche, zusammen mit den Schlüsseln zur Haustür und zur Kassenschublade.«

Er wies die Silberkette vor.

»Am Mittwochmorgen habe ich mich gleich nach dem Aufstehen angezogen; aber am Tag zuvor bin ich im Schlafanzug hinuntergegangen.«

»Ihre Frau hätte also diese Briefmarken am Dienstagmorgen an sich genommen?«

»Das nehme ich an.«

»Lassen sie sich leicht verkaufen?«

»Nein.«

»Dann kann sie also nichts damit anfangen?«

»Das weiß sie nicht. Die Händler kennen einander, wie gesagt. Wenn man ihnen ein seltenes Stück vorlegt, pflegen sie sich nach dessen Herkunft zu erkundigen.«

»Haben Sie Ihre Kollegen alarmiert?«

»Nein.«

»Warum nicht?«

Er zuckte die Achseln. Er begann wieder zu schwitzen und vermißte den Straßenlärm.

»Ihre Frau wäre also ohne Mantel, ohne Gepäck, aber mit einem Vermögen abgereist, das sie nicht realisieren kann. Habe ich das recht verstanden?«

Er bejahte.

»Sie hat die Place du Vieux-Marché am Mittwochabend verlassen, das ist jetzt über eine Woche her, und niemand hat sie vorbeigehen sehen, niemand hat sie in der Stadt beobachtet, sie hat weder den Bus noch den Zug benützt, kurz, sie hat sich verflüchtigt, ohne die mindeste Spur zurückzulassen. Wo hätte sie denn nach Ihrer Meinung die beste Aussicht, die Marken zu verkaufen?«

»In Paris natürlich, oder in einer großen Stadt wie Lyon, Bordeaux, Marseille. Oder auch im Ausland.«

»Können Sie mir eine Liste der Briefmarkenhändler in Frankreich erstellen?«

»Ja, der wichtigsten.«

»Ich werde ihnen ein Zirkular zukommen lassen, um sie zu warnen. Nun, Monsieur Milk . . .«

Der Kommissar erhob sich, zögerte, als stehe der unangenehmste Teil seiner Aufgabe noch bevor.

»Es bleibt mir noch, Sie um die Einwilligung dafür zu bitten, daß zwei meiner Leute Sie begleiten und Ihr Haus durchsuchen. Ich könnte mir zwar einen Haussuchungsbefehl beschaffen, aber beim gegenwärtigen Stand der Dinge ziehe ich es vor, weniger offiziell vorzugehen.«

Jonas hatte sich ebenfalls erhoben. Es gab keinen Grund abzulehnen, da er ja nichts zu verbergen hatte, und überhaupt war er nicht der Stärkere.

»Jetzt?«

»Es wäre mir lieb, ja.«

Um zu verhindern, daß er etwas vertusche?

Es war lächerlich und tragisch zugleich. Mit einem arglosen Sätzchen hatte alles begonnen:

»Sie ist nach Bourges gefahren.«

Le Bouc war es gewesen, der darauf, arglos auch er, gefragt hatte:

»Mit dem Bus?«

Von diesem Punkte aus hatten sich gleichsam Wellen, ja Wogen ausgebreitet, die den Vieux-Marché überschwemmten und schließlich das Kommissariat in der Oberen Stadt erreichten.

Er war nicht mehr der Monsieur Jonas, der Antiquariatsbuchhändler am Platz, den man fröhlich grüßte. Für den Kommissar und auf den Rapporten war er Jonas Milk, geboren am 21. September 1916 in Archangelsk, Rußland, naturalisiert am 17. Mai 1938, wegen Dienstuntauglichkeit aus dem Militärdienst entlassen, jüdischer Herkunft, 1954 zum Katholizismus übergetreten.

Eine letzte Verzweigung der Sache sollte er erst noch entdecken, und er war weit davon entfernt, darauf gefaßt zu sein. Sie standen. Die Unterhaltung, oder vielmehr das Verhör, schien beendet. Monsieur Devaux spielte mit seiner Brille, die manchmal einen Sonnenstrahl einfing.

»Tatsächlich gibt es für Sie, Monsieur Milk, einen Weg, zu beweisen, daß sich diese Briefmarken einmal in Ihrem Besitz befanden.«

Er schaute ihn verständnislos an.

»Sie stellen, so haben Sie gesagt, ein Kapital von mehreren Millionen dar. Sie haben sie aus Ihren Einkünften gekauft, und daher muß es möglich sein, in Ihren Steuererklärungen die Spur der investierten Summen zu finden. Beachten Sie wohl, daß mich persönlich das nichts angeht und daß es in den Zuständigkeitsbereich der Steuerbehörde fällt.«

Auch damit würde man ihn in die Enge treiben, das wußte er im voraus. Es würde ihm nicht gelingen, ihnen eine ganz einfache Wahrheit beizubringen. Nie hatte er eine Briefmarke für fünfzigtausend, hunderttausend oder gar dreihunderttausend Francs gekauft, obwohl er solche Werte besaß. Die einen hatte er entdeckt, indem er mit der Lupe Marken untersuchte, deren Seltenheit anderen entgangen war, und gewisse andere hatte er durch wiederholtes Tauschen erworben.

Wie der Kommissar gesagt hatte: Er lebte sehr bescheiden.

Aber warum sich darüber Sorgen machen, im jetzigen Zeitpunkt? Nur eines zählte: Gina hatte Angst vor ihm. Und auf der Schwelle des Büros stellte er schüchtern seinerseits eine Frage:

»Hat sie wirklich gesagt, ich werde sie eines Tages umbringen?«

»Das geht aus den Zeugenaussagen hervor.«

»Mehrere Personen?«

»Das kann ich Ihnen versichern.«

»Hat sie denn einen Grund angegeben?«

Monsieur Devaux zögerte, schloß die Türe wieder, die er schon geöffnet hatte.

»Bestehen Sie auf einer Antwort?«

»Ja.«

»Beachten Sie bitte, daß ich im Verlauf unserer Unterhaltung nie darauf angespielt habe. Mindestens zweimal hat sie im Zusammenhang mit Ihnen erklärt: ›Er ist ein verdorbener Mensch.‹«

Er wurde dunkelrot. Darauf war er zu allerletzt gefaßt.

»Denken Sie darüber nach, Monsieur Milk, und wir setzen dieses Gespräch ein andermal fort. Jetzt wird sie Inspektor Basquin mit einem seiner Leute nach Hause begleiten.«

Der Satz des Kommissars empörte ihn nicht, und es schien ihm, er fange an zu begreifen. Oft kam es vor, daß ihn Gina beim Ausziehen beobachtete, solange er beschäftigt war; sobald er aber den Kopf hob, schien sie verlegen. Dann glich ihr Blick gewissen Blicken Basquins oder des Kommissars.

Aber sie lebte schließlich mit ihm. Sie sah ihn bei

all seinen Verrichtungen, bei Tag und bei Nacht.

Trotzdem hatte sie sich nicht eingewöhnt, und er blieb für sie ein Problem.

Schon als sie bei ihm noch als Haushälterin arbeitete, hatte sie sich fragen müssen, warum er sie nicht wie die andern Männer, Ancel einbegriffen, behandelte. Sie hatte nie viel auf dem Leib, und ihre Bewegungen hatten eine schamlose Ungezwungenheit, die man als Herausforderung verstehen konnte.

Hatte sie ihn zu jener Zeit für impotent gehalten, oder hatte sie gedacht, er gehorche besonderen Sitten? War sie jahrelang die einzige gewesen, die so dachte?

Er sah sie wieder vor sich, ernst, besorgt, als er mit ihr von Heirat sprach. Er sah sie wieder vor sich, wie sie sich am ersten Abend auszog, und hörte, wie sie ihm, der noch vollständig bekleidet und ohne einen Blick auf sie zu wagen, im Zimmer umherstrich, zuwarf:

»Ziehst du dich nicht aus?«

Es war zu vermuten, daß sie erwartete, etwas Anomales an ihm zu entdecken. In Wahrheit schämte er sich seines allzu rosigen und molligen Körpers.

Sie hatte das Bett aufgeschlagen, hatte sich mit gespreizten Knien hingestreckt, wobei sie zuschaute, wie er sich auszog, und als er sich linkisch näherte, hatte sie mit einem Lachen, das vielleicht nur aus Nervosität herrührte, ausgerufen:

»Behältst du die Brille auf?«

Er hatte sie abgenommen. Er spürte, wie sie ihn ständig beobachtete, solange er auf ihr lag; weder nahm sie teil an seiner Lust, noch tat sie so, als ob.

»*Siehst du!*«, hatte sie gesagt.

Was hieß das eigentlich? Daß er es trotz allem geschafft habe? Daß er, entgegen allem Anschein, ein fast normaler Mann sei?

»Schlafen wir?«

»Wenn du willst.«

»Gute Nacht.«

Sie hatte ihn nicht geküßt, und er hatte es seinerseits auch nicht gewagt. Der Kommissar zwang ihn, sich darüber Rechenschaft zu geben, daß sie sich in den zwei Jahren nie geküßt hatten. Zwei- oder dreimal hatte er es versucht, und sie hatte den Kopf abgewandt – nicht schroff und anscheinend ohne Ekel.

Obwohl sie im selben Bett schliefen, näherte er sich ihr möglichst selten, denn sie tat nicht mit, und wenn er sie gegen Morgen neben sich keuchen und sich mit einem fast herzzerreissenden Seufzen ins Bett graben hörte, hielt er die Augen geschlossen und gab vor zu schlafen.

Wie der Kommissar gesagt hatte: Darüber war er noch nicht befragt worden, aber das würde noch kommen.

Was machte Gina Angst?

War es seine Ruhe, seine Milde, seine verschämte Zärtlichkeit, wenn sie von einem ihrer Seitensprünge heimkehrte? Manchmal hatte es den Anschein, als fordere sie ihn zu Schlägen heraus.

Hätte sie dann weniger Angst vor ihm gehabt?

Hätte sie ihn dann nicht mehr für verdorben gehalten?

»Basquin!«, rief der Kommissar, der sich dem Gang zugewandt hatte.

In einem Büro konnte Jonas den Inspektor hemdärmelig an der Arbeit sehen.

»Sie nehmen einen Mann mit sich und begleiten Monsieur Milk nach Hause.«

»Jawohl, Herr Kommissar.«

Er schien zu wissen, was er zu tun hatte, denn er verlangte keine weiteren Instruktionen.

»Dambois!«, rief er seinerseits, womit er sich an einen für Jonas nicht sichtbaren Mann in einem andern Büro wandte.

Keiner der beiden trug Uniform; aber jedermann am Vieux-Marché und in der Stadt kannte sie.

»Denken Sie darüber nach, Monsieur Milk«, sagte Monsieur Devaux noch einmal zum Abschied.

Worüber er nachdachte, war bestimmt nicht das, was der Kommissar meinte. Er versuchte nicht mehr, sich zu verteidigen, den mehr oder weniger grotesken Anschuldigungen zu entgegnen, die man gegen ihn vorgebracht hatte.

Was ihn beschäftigte, war eine Auseinandersetzung mit sich selbst, eine weitaus tragischere als ihre Geschichte von einer in Stücke gehauenen Frau.

Seltsamerweise hatten sie recht, aber nicht, wie sie es meinten, und Jonas fühlte sich plötzlich wahrhaft schuldig.

Er hatte Gina zwar nicht verschwinden lassen,

und er hatte ihre Leiche nicht in den Kanal geworfen.

Auch war er nicht verdorben – nicht, wie sie es verstanden; er war sich keiner Anomalie, keiner sexuellen Abwegigkeit bewußt.

Noch wußte er nicht, woran er war, denn die Enthüllung war zu neu; sie war in einem Augenblick erfolgt, in dem er am wenigsten darauf gefaßt war, in der neutralen Atmosphäre einer Amtsstube.

»Warten Sie einen Augenblick auf mich, Monsieur Jonas.«

Mindestens Basquin redete ihn noch an, wie er es gewohnt war, aber es freute ihn nicht einmal mehr. Jenes Stadium lag hinter ihm. Er stand jetzt in dem Büro, das durch einen Schalter aus schwarzem Holz unterteilt war, wo neue Besucher auf der Bank warteten, und mit Haltung gab er vor, einen amtlichen Anschlag zu lesen, der den Verkauf von Pferden und Rindern auf öffentlichem Grunde regelte.

Hatte Gina wohl als erstem ihrem Bruder anvertraut, daß sie Angst vor ihm habe? Wahrscheinlich. Das erklärte Frédos verbissenen Widerstand gegen die Heirat.

Mit wem hatte sie sonst noch darüber gesprochen? Mit Clémence? Mit der Loute?

Er versuchte, sich den Satz ins Gedächtnis zu rufen, den der Kommissar ihm wiedergegeben hatte.

»*Dieser Mann wird mich eines Tages umbringen* . . .«

Warum? Weil er nicht so reagiert hatte, wie sie

meinte, daß er reagieren werde, wenn sie auf Männerjagd ging? Weil er zu sanft, zu geduldig war?

Hatte sie sich eingebildet, er spiele nur Theater und eines Tages werde er seinen wahren Instinkten freien Lauf lassen? Als er vom Heiraten sprach, hatte er gesagt:

»Ich kann Ihnen zumindest *Ruhe* schenken.«

Oder doch etwas Ähnliches. Er hatte ihr nichts von Liebe gesagt, von Glück, sondern nur von Ruhe, denn er war zu demütig, um sich vorzustellen, er könne ihr etwas anderes schenken.

Sie war schön, sie war voll erblüht, und er war sechzehn Jahre älter als sie; er war ein kleiner, verstaubter und ungeselliger Antiquar, dessen einzige Leidenschaft das Briefmarkensammeln war.

Das stimmte zwar nicht ganz. So war der Anschein; das mußten die Leute meinen. In Wahrheit lebte er in seinem Innern intensiv ein reiches und vielfältiges Leben – das der ganzen Place du Vieux-Marché, des ganzen Viertels, dessen leisestes Pulsen er kannte.

Im Schutze seiner dicken Gläser, die ihn zu isolieren schienen und ihm ein harmloses Aussehen gaben. War es nicht ein bißchen so, als habe er das Leben der andern, ohne daß sie dessen gewahr wurden, gestohlen?

War es das, was Gina entdeckt hatte, als sie in seinen Haushalt eintrat? Hatte sie daher von Verdorbenheit gesprochen und daß sie Angst habe?

War sie ihm böse, weil er sie gekauft hatte?

Denn er hatte sie gekauft. Er wußte es, und sie

wußte es. Angèle wußte es besser als irgendwer – sie, die sie verkauft hatte; und Louis auch, der aus Angst vor seiner Frau nichts zu sagen wagte, und Frédo, der sich aufgelehnt hatte.

Nicht für Geld hatte man sie ihm verkauft, aber für Ruhe. So wohl war ihm das bewußt, daß er dieses Wort als erster verwendet hatte – als Köder, als Versuchung.

In ihm besäße Gina eine Fassade von Wohlanständigkeit, und ihre Eskapaden wären kaschiert. Ihr materielles Leben wäre gesichert, und Angèle brauchte nicht mehr vor der Aussicht zu zittern, sie werde noch einmal auf der Straße landen.

Hatten die Nachbarn, die ihrer Hochzeit beiwohnten, daran etwa nicht gedacht? Ihr Lächeln, ihre Glückwünsche, ihre Zufriedenheit, besonders nach dem Essen – waren die ehrlich gewesen?

Hatten sie sich nicht auch ein bißchen geschämt – auch die Leute vom Vieux-Marché, die gewissermaßen als Trauzeugen antraten?

Abbé Grimault hatte nicht offen versucht, Jonas von seinem Vorhaben abzubringen. Auch er zog es ohne Zweifel vor, Gina unter der Haube zu sehen. Immerhin – nicht einmal Jonas' Konversion hatte ihn zu begeistern vermocht.

»Ich wage nicht, Sie zu fragen, ob Sie den Glauben haben, denn ich möchte Sie nicht zur Lüge verleiten.«

Er wußte also, daß Jonas nicht glaubte. Erriet er auch, daß er nicht nur um der Heirat mit Gina willen katholisch wurde und daß er, schon lange ehe er sie kennenlernte, gelegentlich daran gedacht hatte?

»Ich wünsche Ihnen, daß Sie mit ihr glücklich werden und daß Sie sie glücklich machen.«

Er wünschte es, aber es war ihm anzusehen, daß er nicht daran glaubte. Er tat seine Pflicht als Priester, wenn er sie zusammengab, wie er sie getan hatte, als er den kleinen Mann von Archangelsk in den Schoß der römisch-katholischen Kirche aufnahm.

War es möglich, daß Jonas zwei Jahre lang nie in den Sinn gekommen war, Gina könnte Angst vor ihm haben?

Jetzt waren ihm die Augen geöffnet worden, und Einzelheiten, die er nie beachtet hatte, kamen ihm wieder ins Gedächtnis.

Er gab sich endlich Rechenschaft, daß er ein Fremder war, ein Einzelgänger, einer vom andern Ende der Welt, gekommen, um sich wie ein Parasit im Fleisch des Vieux-Marché einzunisten.

»Wenn Sie jetzt mitkommen wollen . . .«

Die beiden Männer standen bereit, den Hut auf dem Kopf, und sie schritten der Rue Haute entgegen, Jonas in der Mitte, um einen halben Kopf kleiner als seine beiden Begleiter, in einer von Sonnenschein und Wärme gesättigten Luft.

»Ist alles gut gegangen?«, fragte Basquin, der sich bei seinem Chef bestimmt erkundigt hatte.

»Ich nehme an. Ich weiß nicht.«

»Der Kommissar ist ein Mensch von ungewöhnlichem Verstand, der längst einen wichtigen Posten in Paris bekleiden würde, legte er nicht Wert darauf, mit seiner Tochter zu leben. Mit dreiundzwanzig war er schon Doktor der Rechte und ist in eine Beamtenlaufbahn eingestiegen. Nur durch Zufall ist er zur Polizei gekommen.«

Von Zeit zu Zeit erwiderte Basquin den Gruß eines Passanten, und Leute drehten sich nach Jonas um, der zwischen den beiden Polizisten schritt.

»Schon seit vier Tagen, seit dem Tag, an dem ich Sie besuchen kam, haben wir überallhin das Signalement Ihrer Frau geschickt.«

Es überraschte den Inspektor, daß Jonas nicht reagierte, und er blickte ihn aus dem Augenwinkel prüfend an.

»Freilich gibt es viele schöne, braunhaarige Mädchen in roten Kleidern. Ganz abgesehen davon, daß sie sich vielleicht ein neues Kleid gekauft hat.«

Als sie am Restaurant vorbeikamen, bemerkte Jonas Pépitos obere Gesichtshälfte über dem Vorhang, und Pépito schaute ihn an. Würde er zum Mittagessen kommen? Ließe man ihm die Möglichkeit dazu? Es war schon halb zwölf. Sie würden das Haus zweifellos von unten bis oben durchstöbern, und die Winkel waren voll von altem Kram, denn Jonas warf nichts weg.

Wer weiß, ob sie ihn nicht, so wie die Dinge standen, verhaften würden?

Noch mußte er bei Le Bouc vorbei, und er zog es vor, den Kopf abzuwenden, nicht aus Scham, sondern weil er ihnen eine Verlegenheit ersparen wollte.

Denn verlegen mußten sie trotz allem sein. Sie

mußten sich gegenseitig Mut gemacht haben. Keiner, außer Frédo, hätte es allein gewagt, sich so gemein gegen ihn zu kehren.

»*Wenn du meinst, mein' ich's auch* . . .«

Warum auch nicht, da er sie ja getäuscht hatte? Er zog den Schlüssel aus der Tasche und öffnete die Tür, unter der er einen gelben Kinoprospekt fand.

»Treten Sie ein, Messieurs.«

Der Laden, den die Sonne den ganzen Vormittag beschienen hatte und in dem die Luft stagnierte, war ein Backofen. Zwei dicke schwarze Fliegen brummten schwerfällig umher.

»Ich nehme an, es ist Ihnen lieber, wenn ich die Tür offen lasse.«

Es roch stärker als gewöhnlich nach Büchern, und um ein wenig Durchzug zu machen, öffnete er auch die Tür zum Hof, wo eine Amsel herumhüpfte. Er kannte sie. Die Amsel kam jeden Morgen und hatte keine Angst vor Jonas.

»Rufen Sie nach mir, wenn Sie mich brauchen.«

Basquin ergriff das Wort.

»Als erstes möchte ich gern das Schlafzimmer sehen. Ich nehme an, hier geht's nach oben?«

»Gehen Sie nur! Ich folge.«

Er hatte Lust auf eine Tasse Kaffee, wagte aber nicht, um die Erlaubnis zu bitten, sich eine machen zu dürfen, geschweige denn, bei Le Bouc eine trinken zu gehen.

Das Zimmer war aufgeräumt, die Steppdecke übers Bett gebreitet und der Waschtisch makellos. Beim Eintreten fiel Jonas' Blick sogleich auf Ginas

Kamm, der schmutzig war und woran noch Haare hingen. Er war es so sehr gewohnt, ihn an derselben Stelle zu sehen, daß er ihm an den vorangegangenen Tagen nie aufgefallen war und er ihn nicht gereinigt hatte.

»Ist dies das einzige Schlafzimmer im Haus?«

»Ja.«

»Sie haben also beide in diesem Bett geschlafen?«

»Ja.«

Durchs offene Fenster glaubte Jonas auf dem Trottoir verstohlene Schritte und Getuschel zu hören.

»Wohin führt diese Tür?«

»Ins W.C.«

»Und diese?«

Er stieß sie auf. Einst war hier ein Schlafzimmer gewesen, das auf den Hof hinausging; aber es war so eng, daß es knapp für ein Bett Platz bot. Jonas benützte es als Speicherraum und Lager. Es fanden sich hier zerbrochene Stühle, ein alter Koffer mit abgerissenem Schloß, der noch vom Auszug aus Rußland stammte, eine Schneiderbüste, die er Gina gekauft und deren sie sich nie bedient hatte, gesprungenes Geschirr, zerfetzte Bücher, solche, für die keinerlei Hoffnung bestand, je verkauft zu werden, und sogar ein Nachttopf. In diesem Raum wurde nie abgestaubt. Keine zweimal im Jahr wurde die Dachluke geöffnet, und die Luft roch muffig; grauer Staub breitete sich über alle Gegenstände.

Die beiden Polizisten tauschten einen Blick. Das mochte heißen, daß man hier in letzter Zeit nicht hätte eindringen können, ohne Spuren zu hinterlassen. Sie hatten den Hut aufbehalten, und Basquin rauchte eine Zigarette zu Ende, deren Stummel er ins W.C. warf.

»Sind hier die Kleider?«, fragte er und zeigte auf den Spiegelschrank.

Jonas öffnete beide Türen, und der Inspektor ließ seine Finger über ihre Kleider gleiten, über die Mäntel, dann über Jonas' Anzüge und den Überzieher.

»Einen andern Mantel besaß sie nicht?«

»Nein.«

Auf dem Schrankboden befanden sich drei Paar Schuhe von Gina, ein Paar Pantoffeln und ein Paar Schuhe, das ihm gehörte. Das war ihrer beider ganze Garderobe.

»Ist das die berühmte Kassette?«

Damit gestand er, daß der Kommissar mit ihm gesprochen hatte, während Jonas im Vorzimmer wartete.

»Wollen Sie bitte öffnen.«

Wieder zog er die Schlüssel aus der Tasche, stellte die Kassette aufs Bett und hob den Deckel.

»Ich dachte, sie sei leer«, wunderte sich Basquin.

»Das habe ich nie behauptet.«

Tatsächlich waren noch etwa fünfzig durchsichtige Etuis vorhanden, die je eine Marke oder eine frankierte Karte enthielten.

»Was hat sie denn mitgenommen?«

»Ungefähr ein Viertel der Briefmarken, die sich hier befanden. Alles, samt den Umschlägen, hätte in ihrer Handtasche nicht Platz gehabt.«

»Die seltensten?«

»Ja.«

»Wie konnte sie die unterscheiden?«

»Ich hatte sie ihr gezeigt. Und auch, weil sie oben auf den andern lagen; ich hatte sie mir vor kurzem angeschaut.«

Die beiden Männer tauschten hinter seinem Rükken Blicke; sie mußten ihn für verrückt halten.

»Eine Waffe haben Sie nicht im Haus?«

»Nein.«

»Sie haben nie einen Revolver besessen?«

»Nie.«

Der Polizist, der Basquin begleitete, untersuchte den Fußboden, die blau und rosa geblümte Tapete, die blauen Vorhänge, wie um Blutspuren zu finden. Er prüfte sorgfältiger die Umgebung des Waschtisches und setzte seine Nachforschungen im W.C. fort.

Basquin seinerseits stieg auf den Stuhl mit dem Strohgeflecht, um auf den Spiegelschrank zu schauen; dann öffnete er, eine um die andere, die Schubladen der Kommode.

Die oberste war Ginas Schublade, und darin lag alles kunterbunt durcheinander: ihre drei Nachthemden, Slips, Büstenhalter, zwei Unterröcke, die sie fast nie trug, Strümpfe, ein abgewetztes Handtäschchen, eine Puderdose, zwei Röhrchen Aspirin und ein Hygiene-Apparat aus Gummi.

Im Handtäschchen fand der Inspektor ein Taschentuch mit Lippenstiftflecken, einige Münzen, einen Reklamebleistift und einen Kontrollabschnitt über zweihundertsiebenundzwanzig Francs für einen Einkauf bei Prisunic.

Jonas' Schublade war ordentlicher: die Hemden auf der einen Seite, die Schlafanzüge auf der anderen, die Socken, die Unterhosen, die Taschentücher und die Leibchen in der Mitte. Es gab da auch eine Brieftasche, die Gina ihm zum Namenstag geschenkt hatte und die er nie gebrauchte, weil er sie zu schön fand. Sie roch noch nach neuem Leder und war leer.

Die unterste Schublade endlich enthielt in einem Durcheinander alles, was anderswo keinen Platz fand: Medikamente, die beiden Decken für den Winter, eine silberne Hutbürste, die man ihnen zur Hochzeit geschenkt hatte, Haarspangen und zwei Reklameaschenbecher, die unbenutzt blieben.

Basquin vergaß auch das Nachttischschublädchen nicht, wo er eine zerbrochene Brille, Gardenal, einen Rasierapparat und schließlich eine Photographie fand, die Gina nackt zeigte.

Jonas hatte sie weder aufgenommen, noch dorthin gelegt. Sie datierte von lange vor ihrer Heirat, denn Gina konnte darauf noch keine zwanzig sein und wenn sie schon entwickelte Brüste hatte, so war ihre Taille doch noch schlanker, ihre Hüften weniger stark.

»Schau«, hatte sie ihm eines Tages gesagt, an dem sie, wie durch ein Wunder, etwas Ordnung in ihre Sachen brachte: »Erkennst du mich?«

Ihre Züge waren noch nicht sehr ausgeprägt. Freilich war die Photographie etwas unscharf. Gina stand am Fußende eines Bettes, ohne Zweifel in einem Hotelzimmer, und man spürte, daß sie nicht wußte, wohin mit den Händen.

»Findest du nicht, daß ich damals besser aussah als jetzt?«

Er hatte Nein gesagt.

»Es macht mir Spaß, sie zu behalten, weil ich dann vergleichen kann. Es kommt der Tag, da man nicht glauben wird, daß ich das bin.«

Sie betrachtete sich im Spiegel, indem sie die Brust wölbte und sich über die Hüften strich.

»Ich habe dieses Bild nicht gemacht«, beeilte er sich, Basquin zu erklären. »Sie war damals bedeutend jünger.«

Der Inspektor warf ihm wieder einmal einen neugierigen Blick zu.

»Ich sehe«, sagte er.

Und dann, nach einem Blick zu seinem Kollegen:

»Gehen wir ins Erdgeschoß.«

Es war ein bißchen so, wie wenn bei einer öffentlichen Versteigerung die Möbel und die persönlichsten Gegenstände einer Familie auf dem Trottoir gestapelt werden, wo die Neugierigen kommen und sie betasten.

Was machte es jetzt schon aus, daß man sein Büro durchwühlte, nach dem, was man ihm angetan hatte?

Nicht nur in seinem Hause fühlte er sich nicht mehr daheim, er war auch in seiner Haut nicht mehr zu Hause.

8

Die Amsel

Als sie sein Büro durchquerten, um sich vom Schlafzimmer in die Küche zu begeben, und Jonas automatisch einen Blick in den Laden warf, nahm er an der Scheibe klebende Gesichter wahr, und er hatte sogar den Eindruck, ein Lausbub, der ins Haus eingedrungen sein mußte, verlasse es überstürzt und löse damit ein Gelächter aus.

Die Polizisten untersuchten alles: den Wandschrank, wo die Gewürze, die Waage und die Kaffeemühle aufgereiht standen und an dessen Tür die Besen hingen, den Inhalt der Schränke, die Tischschublade, und sie prüften mit besonderer Sorgfalt die Fleischaxt und die Tranchiermesser, als ob sie dort verdächtige Spuren erwarteten.

Auch in den Hof gingen sie, von wo aus Basquin auf die Fenster von Palestris Haus wies:

»Ist dort nicht Gina zu Hause?«

»Doch.«

Eines der Fenster gehörte sogar zu der Kammer, die sie als junges Mädchen bewohnt hatte und die nun Frédos Kammer war.

Das Büro nahm längere Zeit in Anspruch. Die Schubladen waren mit Papieren aller Art vollgestopft, auch mit Umschlägen, die Briefmarken enthielten und die mit Zeichen versehen waren, die sich der Inspektor erklären ließ: er blätterte lange im Rußland-Album, wobei er rasche Blicke auf Jonas warf.

»Von anderen Ländern haben Sie nichts Ähnliches gemacht, nicht wahr?«

Er konnte nicht anders: darauf mußte er mit Nein antworten. Er wußte, was für Schlüsse man daraus ziehen würde.

»Ich sehe, Sie haben die ganze Serie sowjetischer Marken. Ich habe zum erstenmal Gelegenheit, welche zu sehen. Wie haben Sie sie beschafft?«

»Man findet sie überall im Handel.«

»Aha!«

Die Neugierigen entfernten sich erst, als sich die beiden Männer an den Laden machten, wo sie die Hand hinter die Bücherzeilen führten.

»Haben Sie kürzlich sauber gemacht?«

Würde der Umstand, daß er, um sich zu beschäftigen, das große Reinemachen der Gestelle in Angriff genommen hatte, ebenfalls gegen ihn ausgeschlachtet? Es war ihm gleichgültig. Er verteidigte sich nicht mehr.

In einem bestimmten Augenblick dieses Vormittags – er hätte nicht genau sagen können wann, und das war auch ohne Bedeutung – war etwas gerissen. Es war, als hätte man einen Faden durchschnitten, oder besser, als hätte das Schweregesetz für ihn plötzlich nicht mehr gegolten.

Er sah sie alle beide, den Inspektor und Dambois, wie sie gewissenhaft ihre Pflicht taten. Aber ihr

Kommen und Gehen, ihre Bewegungen, die Worte, die sie äußerten, gingen ihn nichts mehr an. Noch immer beobachtete draußen eine kleine Gruppe das Haus, und er schenkte ihr nicht einmal einen Blick, um zu wissen, aus wem sie bestand; für ihn war es bloß ein Fleck von Lebendigem in der Sonne.

Es lag alles hinter ihm. Er stand jenseits. Er wartete geduldig, bis seine Begleiter zu Ende wären, und als sie sich endlich zum Gehen entschlossen, löste er die Falle und verriegelte hinter ihnen die Tür mit dem Schlüssel.

Das war nicht mehr sein Haus. Zwar standen die Möbel, die Dinge an ihrem Ort. Er hätte noch jeden Gegenstand mit geschlossenen Augen finden können, aber jede Verbindung war abgerissen.

Er hatte Hunger. Es kam ihm nicht in den Sinn, zu Pépito zu gehen. In der Küche fand er einen Rest Käse vom Vortag, einen Brotanschnitt, und er aß, stehend, vor der Hoftür.

In diesem Augenblick hatte er noch nichts entschieden, wenigstens nicht bewußt, und erst als sein Blick auf ein Wäscheseil fiel, das zwischen dem Haus und der Mauer gegen die Chaignes ausgespannt war, gewann sein Denken eine präzisere Form.

Er hatte einen langen Weg hinter sich; von Archangelsk bis hierher, über Moskau, Jalta und Konstantinopel, um in einem alten Haus am Vieux-Marché zu enden. Sein Vater war wieder gegangen. Dann seine Mutter.

»Es ist besser, wenn wenigstens einer sicher über-

lebt«, hatte Konstantin Milk gesagt und auf Jonas gedeutet, als er selbst das Abenteuer wagte.

Jetzt war er an der Reihe. Sein Entschluß war gefaßt, und doch aß er seinen Käse und sein Brot auf, während er die Wäscheleine aus geflochtenem Stahldraht betrachtete, dann den Ast der Linde, der aus dem Garten des Kolonialwarenhändlers nebenan herüberragte. Einer der beiden Eisenstühle stand zufälligerweise gerade darunter.

Es traf zu, was er dem Inspektor gegenüber versicherte: daß er nie eine Waffe besessen habe und jegliche Gewalt ihn erschrecke; das ging so weit, daß der Knall einer Kinderpistole auf dem Markt ihn jedesmal zusammenfahren ließ.

Er überlegte und fragte sich, ob oben, im Laden oder in seinem Büro noch irgend etwas zu tun blieb.

Es blieb ihm nirgends mehr irgend etwas zu tun. Man hatte ihn nicht verstanden, oder er hatte die andern nicht verstanden, und dieses Mißverständnis hatte nun keine Aussicht mehr, je geklärt zu werden.

Einen Augenblick überkam ihn die Lust, sich in einem Brief zu erklären; aber das war nur eine letzte Eitelkeit, deren er sich schämte und auf die er verzichtete.

Nicht ohne Mühe löste er die Knoten, die das Metallseil festmachten, und er mußte die Zange aus der Küchenschublade holen. Er war weder traurig noch bitter. Er verspürte im Gegenteil eine Heiterkeit, die ihm unbekannt war.

Er dachte an Gina, und schon war es nicht mehr die Gina, wie man sie sah oder wie sie selbst sich sah; es war eine vergeistigte Gina, die in seiner Vorstellung mit dem Bilde verschmolz, das er sich von seiner Schwester Dussja geschaffen hatte, dem Bild einer Frau, wie es sie wahrscheinlich nicht gab: der Frau schlechthin.

Würde sie je erfahren, daß er ihretwegen gestorben war? Noch immer versuchte er sich zu belügen, und das ließ ihn erröten. Nicht ihretwegen ging er aus der Welt, sondern seinetwegen; vielleicht geschah es eigentlich, weil man ihn gezwungen hatte, zu tief in sich selbst hinabzusteigen.

Konnte er noch leben nach dem, was er über sich und über andere erfahren hatte?

Er stieg auf den eisernen Stuhl, um das Seil am Ast des Baumes zu befestigen, und verletzte sich an einer abstehenden Metallfaser; die Fingerbeere blutete, und er saugte daran wie damals, als er klein war.

Wenn man auch von den Fenstern der Palestris, genauer vom früheren Schlafzimmerfenster Ginas aus, die Küchentüre sehen konnte, so hinderte doch die Trennmauer gegen die Chaignes den Durchblick zu der Stelle, wo er sich aufhielt. Es blieb ihm nur noch übrig, eine Schlinge zu knüpfen, und dazu bediente er sich einer Zange, damit sie auch ja hielt.

Angesichts der hängenden Schlaufe stieg ihm plötzlich eine warme Welle ins Gesicht; er wischte sich die Stirn, die Oberlippe, hatte Mühe, den Speichel zu schlucken.

Er kam sich lächerlich vor, aufrecht auf seinem Gartenstuhl, wie er da zauderte, wie er zitterte, von

Panik gepackt beim Gedanken an den körperlichen Schmerz, den er empfinden würde, und vor allem an das allmähliche Ersticken, an den Kampf, den sein im Leeren hängender Leib zweifellos dagegen führen würde.

Was hinderte ihn eigentlich am Weiterleben? Die Sonne würde weiterhin strahlen, der Regen fallen, der Platz sich an Markttagen morgens mit Geräuschen füllen. Er könnte sich immer noch Kaffee machen, allein in seiner Küche, und dabei dem Singen der Vögel lauschen.

In diesem Augenblick setzte sich die Amsel, seine Amsel, auf das Kistchen, worin der Schnittlauch neben einem Büschel Thymian seine Halme trieb, und wie er sie wippen sah, stiegen ihm Tränen hoch.

Er brauchte nicht zu sterben. Niemand zwang ihn dazu. Es war ihm möglich, mit Geduld und einem Übermaß an Demut, mit sich zurecht zu kommen.

Er stieg von dem Eisenstuhl und hastete plötzlich dem Hause zu, um der Versuchung zu entgehen, um sicher zu sein, daß er nicht umkehre. Seine Knie zitterten, seine Beine waren weich. Er rieb ein Streichholz auf dem Gasbrenner an und schüttete Wasser in den Kessel, um sich Kaffee zu machen.

Er würde schon noch gute Gründe für sein Handeln finden. Wer weiß? Vielleicht kehrte Gina eines Tages zurück und hätte ihn dann nötig. Selbst die Leute am Markt würden ihn schließlich verstehen. Hatte Fernand Le Bouc denn nicht bereits Verlegenheit gezeigt?

Im Halbdunkel des Wandschranks drehte er die an der Wand befestigte Kaffeemühle. Sie bestand aus Porzellan, mit einer holländischen Landschaft, blau auf weißem Grund, die eine Windmühle darstellte. Er war nie nach Holland gefahren. Er, der als kleines Kind so riesige Abstände zurücklegte, war später nie mehr gereist – als fürchte er, seinen Platz am Vieux-Marché zu verlieren.

Er würde Geduld üben. Der Kommissar war, so hatte Basquin gesagt, ein intelligenter Mann.

Schon der Duft des Kaffees tat ihm wohl, während der Dampf seine Gläser trübte. Er fragte sich jetzt, ob er die Brille zum Erhängen aufbehalten hätte; dann fiel ihm wieder Dussja ein, und er sagte sich, es sei vielleicht ihr zu verdanken, daß er den endgültigen Schritt nicht getan habe.

Noch wagte er es nicht, in den Hof zurückzugehen, um den Knoten zu lösen. Die Weckeruhr auf dem Kamin zeigte zehn vor Zwei, und das vertraute Ticktack gab ihm neue Kraft.

Er würde sich schon zurechtfinden, würde es vermeiden, an gewisse Dinge zu denken. Er bekam Lust, sich seine russischen Briefmarken wieder einmal anzuschauen, wie um sich an irgend etwas anzuklammern, und so nahm er seine Tasse mit und setzte sich an seinen Schreibtisch im Büro.

War er feig? Würde es ihn reuen, heute nicht getan zu haben, was zu tun er beschlossen hatte? Würde er später einmal, falls ihm das Leben zu schwer wäre, noch den Mut finden?

Es war niemand draußen, der ihm nachspürte.

Der Platz war leer. Die Uhr an der Kirche Sainte-Cécile schlug zwei, und dem alltäglichen Ritus zufolge hätte er eigentlich die Ladentür aufschließen müssen.

Es war nicht mehr von derselben Wichtigkeit wie früher, und er konnte sich Zeit lassen, seine Gewohnheiten Schritt um Schritt wieder aufzunehmen. Er öffnete die Schublade und ergriff das Album, auf dessen erste Seite er eine Photographie seines Vaters und seiner Mutter vor der Fischhandlung geklebt hatte. Er hatte die Aufnahme mit einem billigen Apparat gemacht, den er zu Weihnachten bekommen hatte, als er elf Jahre alt war. Er wollte gerade umblättern, als sich hinter der Scheibe ein Schatten abzeichnete. Eine ihm unbekannte Frau klopfte an die Tür, versuchte ins Innere zu spähen, überrascht, den Laden geschlossen zu finden.

Er glaubte, es sei eine Kundin, und fast hätte er nicht geöffnet. Es war eine Frau aus dem Volk, etwa vierzigjährig, und sie mußte mehrere Kinder gehabt und ihr Lebtag hart gearbeitet haben, denn sie wies die Entstellungen, die Ermattung solcher Frauen auf, war vor der Zeit gealtert.

Die Hand zum Schutz über die Augen haltend, durchforschte sie das Halbdunkel des Ladens, und er erhob sich schließlich fast aus Mitleid.

»Ich fürchtete schon, es sei niemand zu Hause«, sagte sie, ihn neugierig musternd.

Er brummte:

»Ich war an der Arbeit.«

»Sie sind doch Ginas Gatte?«

»Ja.«

»Ist es wahr, daß man Sie verhaften will?«

»Ich weiß nicht.«

»So hat man mir heute morgen erzählt, und ich hatte Bedenken, ob ich nicht zu spät komme.«

»Nehmen Sie Platz«, sagte er und wies ihr einen Stuhl an.

»Ich habe keine Zeit. Ich muß zum Hotel zurück. Man weiß dort nicht, daß ich weggegangen bin, denn ich habe die Hintertür benützt. Die Inhaber sind neu im Beruf und meinen, sie müßten streng tun.«

Er hörte verständnislos zu.

»Ich arbeite als Zimmermädchen im Hôtel des Négociants. Kennen Sie's?«

Dort hatte er am Hochzeitsessen der Tochter Ancels teilgenommen. Die Wände waren mit einem Marmormuster bemalt und die Halle mit Blattpflanzen geschmückt.

»Bevor mein Mann in die Fabrik eingetreten ist, habe ich in diesem Quartier gewohnt, Ecke Rue Gambetta und Rue des Saules. Ich habe Gina gut gekannt, als sie so etwa fünfzehn Jahre alt war. Darum habe ich sie gleich wiedererkannt, als sie ins Hotel gekommen ist.«

»Wann ist sie ins Hotel gekommen?«

»Mehrmals. Sooft der Vertreter aus Paris kommt, das heißt, ungefähr alle zwei Wochen. Das geht schon seit Monaten so. Er heißt Thierry, Jacques Thierry. Ich habe seinen Namen in der Liste gelesen, und er reist für chemische Produkte. Er scheint

Ingenieur zu sein, obwohl er noch jung ist. Ich wette, er ist noch keine dreißig. Er ist verheiratet und hat zwei schöne Kinder; das weiß ich, weil er anfangs immer ein Foto seiner Familie aufs Nachttischchen gestellt hat. Seine Frau ist blond. Sein Ältester ist fünf oder sechs, wie mein Jüngster.

Ich weiß nicht, wo er Gina kennengelernt hat, aber eines Nachmittags habe ich ihn mit ihr im Korridor gesehen, und sie ist in sein Zimmer gegangen.

Seitdem verbringt sie, sooft er kommt, ein Weilchen mit ihm im Hotel — eine Stunde oder zwei, je nachdem, und ich weiß um so besser, was dabei vorgeht, als ich nachher das Bett wieder machen muß. Entschuldigen Sie bitte, daß ich Ihnen das erzähle; aber man sagt, Sie hätten Ärger, und da habe ich mir gedacht, es ist besser, wenn Sie Bescheid wissen.

Gina war schon mit fünfzehn Jahren so, wenn das für Sie ein Trost ist, und ich füge etwas bei, was Sie vielleicht nicht wissen, aber ich habe es aus guter Quelle, daß nämlich ihre Mutter früher auch nicht anders war.«

»War sie letzten Mittwoch im Hotel?«

»Ja. Gegen halb drei. Als man mir heute morgen die Geschichte erzählt hat, war ich nicht sicher, welcher Tag es war und habe in der Gästeliste nachgesehen. Er ist Dienstag früh angekommen und am Mittwochabend wieder abgereist.«

»Mit dem Zug?«

»Nein. Er kommt immer mit dem Auto. Man hat

mir gesagt, er habe unterwegs noch andere Fabriken zu besuchen.«

»Sind sie letzten Mittwoch lange zusammen geblieben?«

»Wie gewöhnlich«, antwortete sie achselzukkend.

»Was für ein Kleid hat sie angehabt?«

»Ein rotes Kleid. Es war unmöglich, es nicht zu sehen.«

Er hatte sie auf die Probe stellen wollen.

»Nun, es wäre mir lieb, wenn mein Name nicht in diese Geschichte hineingezogen würde, wie gesagt, die neuen Inhaber haben so ihre eigenen Vorstellungen. Doch wenn man Sie tatsächlich ins Gefängnis stecken will und wenn es unerläßlich ist, bin ich bereit zu wiederholen, was ich gesagt habe.«

»Haben Sie vielleicht die Pariser Adresse dieses Mannes?«

»Ich habe sie mir auf ein Zettelchen abgeschrieben und habe es Ihnen mitgebracht.«

Sie schien überrascht, ihn so ruhig und so tieftraurig zu sehen, wo sie doch erwartet haben mußte, er werde sich erleichtert fühlen.

»Sie lautet: Rue Championnet 27. Er wird sie wohl kaum nach Hause mitgenommen haben. Wenn ich an seine Frau denke, die so zart aussieht, und an seine beiden Kinder . . .«

»Ich danke Ihnen.«

»Mein Name ist Berthe Lenoir, für den Fall, daß Sie mich brauchen. Es wäre mir lieber, wenn man nicht ins Hotel käme. Wir wohnen in der Siedlung gegenüber der Fabrik, im zweiten Haus links, dem mit den blauen Fensterläden.«

Er bedankte sich noch einmal und war, wieder allein gelassen, verwirrter denn je, ein bißchen wie ein Gefangener, der nach langen Jahren die Freiheit wieder erlangt und nicht weiß, was er damit anfangen soll.

Jetzt konnte er ihnen den Beweis liefern, daß er sich Ginas nicht entledigt und daß er deren Leiche nicht in den Kanal geworfen hatte. Was ihn am meisten überraschte, war das, was er über den Mann erfahren hatte, mit dem sie weggelaufen war, denn er entsprach so gar nicht dem Typ, den sie für gewöhnlich wählte.

Nahezu sechs Monate dauerte dieses Verhältnis schon, und während dieser ganzen Zeit hatte sie keinen einzigen Seitensprung gemacht.

Liebte sie ihn? Und er – würde er seine Ehe zerbrechen? Warum hatte Gina, bei seiner Position, die Briefmarken mitgenommen?

Mechanisch hatte er den Hut aufgesetzt und sich der Tür genähert, um sich zum Kommissariat zu begeben. Das schien ihm das einzig Logische. Er unternahm damit nichts gegen Gina, welcher die Polizei, solange er nicht klagte, nichts vorzuwerfen hatte. Seine Briefmarken forderte er nicht zurück. Auch ihrem Liebhaber konnte man nichts antun.

Es war ein seltsames Gefühl, wieder auf dem Trottoir zu gehen, in der Sonne, die noch wärmer schien als am Vormittag, an Le Boucs Bar vorbei, und sich sagen zu können, da gehe ich wieder hin.

Denn nichts hinderte ihn, wieder dorthin zu gehen. Die Leute am Platz würden bald erfahren, was geschehen war, und statt ihm böse zu sein, würden sie ihn bedauern. Ein bißchen schämen würden sie sich anfangs, weil sie ihn so rasch hatten fallen lassen, aber wenige Tage genügten und alles war wieder wie früher, und man riefe ihm lustig zu:

»Hallo, Monsieur Jonas!«

Würde ihm Angèle böse sein, weil er auf ihre Tochter nicht besser aufgepaßt hatte? Aber war sie denn selber dazu imstande gewesen, vor Ginas Hochzeit?

Nur Frédo würde seine Haltung nicht ändern, aber die Aussichten, daß Frédo sich mit dem Menschengeschlecht im ganzen aussöhnte, waren ohnehin gering. Früher oder später würde er fortgehen, Gott weiß, wohin, weit weg vom Vieux-Marché, den er haßte, und würde sich anderwärts ebenso unglücklich fühlen.

Fast wäre er schon jetzt bei Fernand eingekehrt, als sei bereits alles vergessen; dann sagte er sich, noch sei es zu früh, und begab sich zur Rue Haute.

Er war überzeugt, Gina werde zurückkommen, wie sie noch jedesmal zurückgekommen war – diesmal stärker gezeichnet als die andern Male –, und dann würde sie seiner bedürfen.

War nicht alles wieder einfach geworden? Er brauchte nur das Kommissariat zu betreten und sich an den Korpus aus schwarzem Holz zu stellen, der den Vorraum unterteilte.

»Ich möchte bitte mit Kommissar Devaux sprechen.«

»Wen darf ich melden?«

Es sei denn, er hätte es mit demselben Gefreiten wie heute morgen zu tun, der ihn natürlich wiedererkennen würde.

»Jonas Milk.«

Denn hier hieß er Milk. Was machte es jetzt schon aus, daß man ihn warten ließ! Der Kommissar würde sich wundern. Zunächst würde er annehmen, er habe sich zu einem Geständnis entschlossen.

»Ich weiß, wo meine Frau ist«, würde Jonas verkünden.

Er würde Namen und Adresse des Zimmermädchens angeben und empfehlen, sie nicht im Hotel zu vernehmen; auch das Papierfetzchen mit der Adresse des Vertreters chemischer Produkte würde er hinterlegen.

»Sie können alles überprüfen; aber ich lege Wert darauf, daß niemandem Unannehmlichkeiten entstehen. Vielleicht weiß Madame Thierry nichts davon, und es hat keinen Sinn, daß sie die Wahrheit erfährt.«

Würde man ihn diesmal verstehen? Würde man ihn wieder wie einen Menschen von einem andern Planeten anschauen? Oder würde man sich endlich dazu entschließen, ihn als einen Menschen wie jeden andern zu betrachten?

Die Rue Haute lag zu dieser Stunde fast verlassen da. Auf dem Platz vor dem Stadthaus waren die Karren der Obst- und Gemüsehändlerinnen verschwunden, und die Tauben pickten zwischen den Pflastersteinen herum.

Schon von weitem nahm er die Vogelkäfige vor dem Kommissariat wahr, hörte aber den Hahn nicht krähen.

Heute morgen war er im Kommissariatsbüro zum erstenmal in seinem Leben in Ohnmacht gefallen, und es war kein unangenehmes Gefühl gewesen. Eine Weile schien es ihm sogar, als empfinde er die Last seines Körpers nicht mehr, als sei er im Begriff, sich zu verflüchtigen. In dem Augenblick, in dem er das Bewußtsein verlor, hatte er an Dussja gedacht.

Ohne es zu merken, verlangsamte er den Schritt. Es blieben ihm nur noch etwa zwanzig Meter zu gehen, und er sah ganz deutlich die runden Augen des Papageis auf der Stange. Ein Polizist trat aus dem Kommissariat und bestieg ein Fahrrad, vielleicht um eine Vorladung auf rauhem Papier zu überbringen, wie er selbst eine am Tag zuvor erhalten hatte.

War das wirklich gestern gewesen? Es schien eine so ferne Vergangenheit! Hatte er seither nicht fast ebenso viel erlebt wie in seinem ganzen übrigen Dasein?

Er war stehengeblieben, zehn Schritte vor der Türe mit der blauen Laterne darüber, und blickte mit weit offenen Augen ins Leere. Ein Junge von etwa fünfzehn Jahren kam dahergelaufen, stieß mit ihm zusammen, hätte ihn fast zu Fall gebracht, und mit knapper Not fing er seine Brille auf. Was, wenn sie auf dem Trottoir zersplittert wäre?

Der Vogelhändler in dunkelgrauem Kittel, wie ihn die Eisenhändler tragen, beobachtete ihn und mochte sich fragen, ob er krank sei. Jonas machte Rechtsumkehrt, überquerte wiederum den fein gepflasterten Platz und ging die Rue Haute entlang.

Pépito fegte soeben bei offener Türe sein Restaurant und sah ihn vorbeigehen. Auch Le Bouc. Nur ein kleines hellblondes Mädchen, das ganz allein unter dem Schieferdach des Vieux-Marché mit seiner Puppe spielte, sah ihn, wie er seine Türfalle einschnappen ließ.

9

Die Hofmauer

Der Himmel war grau und schwer. Ein Lieferwagen stand, zwei Räder auf dem Trottoir, vor der Antiquariatsbuchhandlung. Der Bäckerin war es nicht aufgefallen, daß er am Morgen nicht gekommen war, seine drei Croissants zu kaufen. Der Junge, der vergangene Woche ein Buch über das Leben der Bienen mitgenommen hatte und der seine fünfzig Francs brachte, versuchte, die Türe zu öffnen, und spähte ins Innere, ohne etwas zu sehen.

Um ein Viertel nach zehn Uhr bemerkte Ancel bei Le Bouc:

»Komisch! Wo steckt denn Jonas heute morgen?«

Er hatte hinzugesetzt, aber ohne Bissigkeit:

»Dieser Schuft von einem Jonas!«

Le Bouc hatte nichts gesagt.

Es war bereits elf Uhr, als sich eine Frau, die den Laden hatte betreten wollen, um ein Buch zu kaufen, bei Angèle erkundigte:

»Ist Ihr Schwiegersohn krank?«

Angèle, über einen Korb voll Spinat gebeugt, den dicken Hintern in die Luft streckend, hatte erwidert:

»Wenn schon, mag er doch krepieren!«

214

Was sie aber nicht hinderte, fortzufahren:

»Warum fragst du das?«

»Er hat geschlossen.«

»Sollten sie ihn schon verhaftet haben?«

Wenig später ging sie, eingerahmt von zwei Kundinnen, selber nachsehen und klebte ihr Gesicht an die Scheibe; doch alles im Haus schien in Ordnung, es sei denn, daß auf einem Stuhl mit Strohgeflecht Jonas' Hut lag.

»Du hast nicht etwa Jonas gesehen, Melanie?«, forschte sie, als sie bei den Chaignes vorbeikam.

»Nicht heute morgen.«

Als gegen Mittag Louis nach Hause kam und er sein Lieferwägelchen abgestellt hatte, teilte sie ihm mit:

»Es sieht so aus, als hätten sie Jonas verhaftet.«

»Um so besser.«

»Die Tür ist verriegelt, und im Innern regt sich nichts.«

Louis ging zu Le Bouc, ein Glas leeren.

»Sie haben Jonas verhaftet.«

Der Polizist Benaiche war anwesend, um sein Glas Weißwein zu trinken.

»Wer?«

»Die Polizei, nehme ich an.«

Benaiche runzelte die Stirn, zuckte die Achseln und sagte:

»Seltsam.«

Dann leerte er sein Glas.

»Auf dem Kommissariat habe ich nichts davon gehört.«

Einzig Le Bouc schien beunruhigt. Er sagte zwar nichts, aber nach ein paar Minuten der Überlegung begab er sich in den rückwärtigen Saal, wo neben der W.C.-Türe ein Telephon an der Wand hing.

»Verbinden Sie mich bitte mit dem Polizeikommissariat.«

»Ich verbinde.«

»Polizeikommissariat am Apparat.«

Er erkannte die Stimme des Gefreiten.

»Sind Sie es, Jouve?«

»Wer spricht?«

»Le Bouc. Sagen Sie mal: Ist es wahr, daß ihr Jonas verhaftet habt?«

»Den Buchhändler?«

»Ja.«

»Ich habe heute vormittag nichts gehört, was ihn betraf. Aber es sind andere, die sich mit seinem Fall beschäftigen. Warten Sie einen Augenblick.«

Ein wenig später war seine Stimme wieder zu hören:

»Hier weiß niemand etwas davon. Der Kommissar ist zum Essen gegangen; aber Basquin ist da, und der müßte auf dem laufenden sein.«

»Seine Tür ist geschlossen.«

»Und jetzt?«

»Ich weiß nicht. Niemand hat ihn heute vormittag gesehen.«

»Es ist besser, ich gebe Ihnen den Inspektor. Bleiben Sie am Apparat.«

Und bald kam die Stimme Basquins:

»Jouve sagt mir, man habe Jonas heute noch nicht gesehen?«

»Ja. Sein Laden ist geschlossen. Es rührt sich nichts darin.«

»Glauben Sie, er ist verreist?«

Das war es nicht, was Fernand im Kopf spukte, aber er zog es vor, keine Meinung von sich zu geben.

»Ich weiß nicht. Es kommt mir seltsam vor. Er ist ein komischer Mensch.«

»Ich komme.«

Als er zehn Minuten danach erschien, verließen mehrere Leute die Bar und näherten sich Jonas' Laden.

Der Inspektor klopfte an, zuerst normal, dann immer stärker, schließlich schrie er, den Kopf gegen das offene Fenster im ersten Stock erhoben:

»Monsieur Jonas!«

Angèle, die herzukam, hatte ihre übliche Bissigkeit verloren. Louis kippte bei Fernand nacheinander zwei Gläser Grappa und knurrte:

»Wetten, daß er irgendwo in Deckung gegangen ist?«

Er glaubte selbst nicht daran. Er machte sich wichtig, Unsicherheit in den rotgeränderten Augen.

»Gibt es einen Schlosser in der Nähe?« wollte Basquin wissen, der vergeblich an der Tür gerüttelt hatte.

»Den alten Deltour. Er wohnt an der Rue...«

Madame Chaigne schnitt dem Sprechenden das Wort ab:

»Es lohnt sich nicht, die Tür mit Gewalt zu

öffnen. Man braucht nur auf einen Stuhl zu klettern und über die Hofmauer zu steigen. Folgen Sie mir, Herr Inspektor.«

Sie führte ihn durch ihren Laden, dann durch die Küche, wo ein Topf Suppe auf dem Herd stand, bis in den mit Fässern und Kisten verstellten Hof.

»Es ist wegen Jonas!« schrie sie im Vorbeigehen ihrem schwerhörigen Gatten zu.

Dann:

»Schauen Sie! Ein Faß tut noch bessere Dienste als ein Stuhl.«

Sie blieb stehen, in weißer Schürze, die Hände auf die Hüften gestützt, und sah zu, wie sich der Inspektor auf die Mauer hievte.

»Können Sie auf der andern Seite hinunter?«

Er antwortete nicht gleich, denn er hatte den kleinen Mann von Archangelsk entdeckt, wie er an dem Aste hing, der in seinen Hof hinüberragte. Die Küche stand offen, auf dem Wachstuch des Tisches eine Tasse mit einem Rest Kaffee, und eine Amsel kam aus dem Innern des Hauses, gelangte durch die Tür ins Freie und schwang sich auf den Wipfel der Linde, wo sie ihr Nest hatte.

29. April 1956

Bitte beachten Sie auch
die folgenden Seiten

Georges Simenon
im Diogenes Verlag

● **Romane**

Drei große Romane. Der Mörder / Der große Bob / Drei Zimmer in Manhattan. Deutsch von Linde Birk und Lothar Baier. detebe 21596

Brief an meinen Richter. Roman. Deutsch von Hansjürgen Wille und Barbara Klau. detebe 20371

Der Schnee war schmutzig. Roman. Deutsch von Willi A. Koch. detebe 20372

Die grünen Fensterläden. Roman. Deutsch von Alfred Günther. detebe 20373

Im Falle eines Unfalls. Roman. Deutsch von Hansjürgen Wille und Barbara Klau. detebe 20374

Sonntag. Roman. Deutsch von Hansjürgen Wille und Barbara Klau. detebe 20375

Bellas Tod. Roman. Deutsch von Elisabeth Serelmann-Küchler. detebe 20376

Der Mann mit dem kleinen Hund. Roman. Deutsch von Stefanie Weiss. detebe 20377

Drei Zimmer in Manhattan. Roman. Deutsch von Linde Birk. detebe 20378

Die Großmutter. Roman. Deutsch von Linde Birk. detebe 20379

Der kleine Mann von Archangelsk. Roman. Deutsch von Alfred Kuoni. detebe 20584

Der große Bob. Roman. Deutsch von Linde Birk. detebe 20585

Die Wahrheit über Bébé Donge. Roman. Deutsch von Renate Nickel. detebe 20586

Tropenkoller. Roman. Deutsch von Annerose Melter. detebe 20673

Ankunft Allerheiligen. Roman. Deutsch von Eugen Helmlé. detebe 20674

Der Präsident. Roman. Deutsch von Renate Nickel. detebe 20675

Der kleine Heilige. Roman. Deutsch von Trude Fein. detebe 20676

Der Outlaw. Roman. Deutsch von Liselotte Julius. detebe 20677

Die Glocken von Bicêtre. Roman. Neu übersetzt von Angela von Hagen. detebe 20678

Der Verdächtige. Roman. Deutsch von Eugen Helmlé. detebe 20679

Die Verlobung des Monsieur Hire. Roman. Deutsch von Linde Birk. detebe 20681

Der Mörder. Roman. Deutsch von Lothar Baier. detebe 20682

Die Zeugen. Roman. Deutsch von Anneliese Botond. detebe 20683

Die Komplizen. Roman. Deutsch von Stefanie Weiss. detebe 20684

Die Unbekannten im eigenen Haus. Roman. Deutsch von Gerda Scheffel. detebe 20685

Der Ausbrecher. Roman. Deutsch von Erika Tophoven-Schöningh. detebe 20686

Wellenschlag. Roman. Deutsch von Eugen Helmlé. detebe 20687

Der Mann aus London. Roman. Deutsch von Stefanie Weiss. detebe 20813

Die Überlebenden der Télémaque. Roman. Deutsch von Hainer Kober. detebe 20814

Der Mann, der den Zügen nachsah. Roman. Deutsch von Walter Schürenberg. detebe 20815

Zum Weißen Roß. Roman. Deutsch von Trude Fein. detebe 20986

Der Tod des Auguste Mature. Roman. Deutsch von Anneliese Botond. detebe 20987

Die Fantome des Hutmachers. Roman. Deutsch von Eugen Helmlé. detebe 21001

Die Witwe Couderc. Roman. Deutsch von Hanns Grössel. detebe 21002

Schlußlichter. Roman. Deutsch von Stefanie Weiss. detebe 21010

Die schwarze Kugel. Roman. Deutsch von Renate Nickel. detebe 21011

Die Brüder Rico. Roman. Deutsch von Angela von Hagen. detebe 21020

Antoine und Julie. Roman. Deutsch von Eugen Helmlé. detebe 21047

Betty. Roman. Deutsch von Raymond Regh. detebe 21057

Die Tür. Roman. Deutsch von Linde Birk. detebe 21114

Der Neger. Roman. Deutsch von Linde Birk. detebe 21118

Das blaue Zimmer. Roman. Deutsch von Angela von Hagen. detebe 21121

Es gibt noch Haselnußsträucher. Roman. Deutsch von Angela von Hagen. detebe 21192

Der Bürgermeister von Furnes. Roman. Deutsch von Hanns Grössel. detebe 21209

Der Untermieter. Roman. Deutsch von Ralph Eue. detebe 21255

Das Testament Donadieu. Roman. Deutsch von Eugen Helmlé. detebe 21256

Die Leute gegenüber. Roman. Deutsch von Hans-Joachim Hartstein. detebe 21273

Die Katze. Roman. Deutsch von Angela von Hagen. detebe 21378

Weder ein noch aus. Roman. Deutsch von Elfriede Riegler. detebe 21304

Auf großer Fahrt. Roman. Deutsch von Angela von Hagen. detebe 21327

Der Bericht des Polizisten. Deutsch von Markus Jakob. detebe 21328

Madame Maigrets Liebhaber. Vier Fälle für Maigret. Deutsch von Ingrid Altrichter, Inge Giese und Josef Winiger. detebe 21791
Maigret und der Clochard. Roman. Deutsch von Josef Winiger. detebe 21801
Maigret und Monsieur Charles. Roman Deutsch von Renate Heimbucher-Bengs detebe 21802
Maigret und der Spitzel. Roman. Deutsch von Inge Giese. detebe 21803
Maigret und der einsamste Mann der Welt Roman. Deutsch von Ursula Vogel detebe 21804
Maigret und der Messerstecher. Roman Deutsch von Josef Winiger. detebe 21805
Maigret hat Skrupel. Roman. Deutsch von Ingrid Altrichter. detebe 21806
Maigret in Künstlerkreisen. Roman. Deutsch von Ursula Vogel. detebe 21871
Maigret und der Weinhändler. Roman Deutsch von Hainer Kober. detebe 21872

● Erzählungen

Der kleine Doktor. Erzählungen. Deutsch von Hansjürgen Wille und Barbara Klau detebe 21025
Emil und sein Schiff. Erzählungen Deutsch von Angela von Hagen. detebe 21318
Die schwanzlosen Schweinchen. Erzählungen Deutsch von Linde Birk. detebe 21284
Exotische Novellen. Deutsch von Annerose Melter. detebe 21285
Meistererzählungen. Deutsch von Wolfram Schäfer u.a. detebe 21620

● Reportagen

Die Pfeife Kleopatras. Reportagen aus aller Welt. Deutsch von Guy Montag detebe 21223
Zahltag in einer Bank. Reportagen aus Frankreich. Deutsch von Guy Montag detebe 21224

● Biographisches

Intime Memoiren und Das Buch von Marie-Jo. Deutsch von Hans-Joachim Hartstein, Claus Sprick, Guy Montag und Linde Birk detebe 21216
Stammbaum. Pedigree. Autobiographischer Roman. Deutsch von Hans-Joachim Hartstein. detebe 21217
Simenon auf der Couch. Fünf Ärzte verhören den Autor sieben Stunden lang. Deutsch von Irène Kuhn. detebe 21658

Außerdem liegen vor:

Stanley G. Eskin
Simenon. Eine Biographie. Mit zahlreichen bisher unveröffentlichten Fotos, Lebenschronik, Bibliographie, ausführlicher Filmographie, Anmerkungen, Namen- und Werkregister. Aus dem Amerikanischen von Michael Mosblech. Leinen
Über Simenon. Zeugnisse und Essays von Patricia Highsmith bis Alfred Andersch. Mit einem Interview, mit Chronik und Bibliographie. Herausgegeben von Claudia Schmölders und Christian Strich. detebe 20499
Das Simenon Lesebuch. Erzählungen, Reportagen, Erinnerungen. Herausgegeben von Daniel Keel. detebe 20500